D1157949

Varsovia

New York, NY.

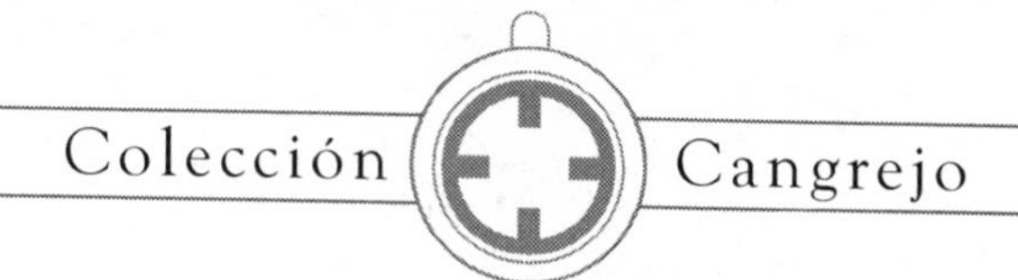

Varsovia

Pedro Medina León

Sudaquia Editores.
New York, NY.

Published by Sudaquia Editores
Collection Design by Sudaquia Editores
Author image by Victor Berger

First Edition Sudaquia Editores: mayo 2017

Printed in the United States of America

ISBN-10 1944407251
ISBN-13 978-1-944407-25-4
10 9 8 7 6 5 4 3 2 1

Sudaquia Group LLC
New York, NY

For information or any inquires: central@sudaquia.net

www.sudaquia.net

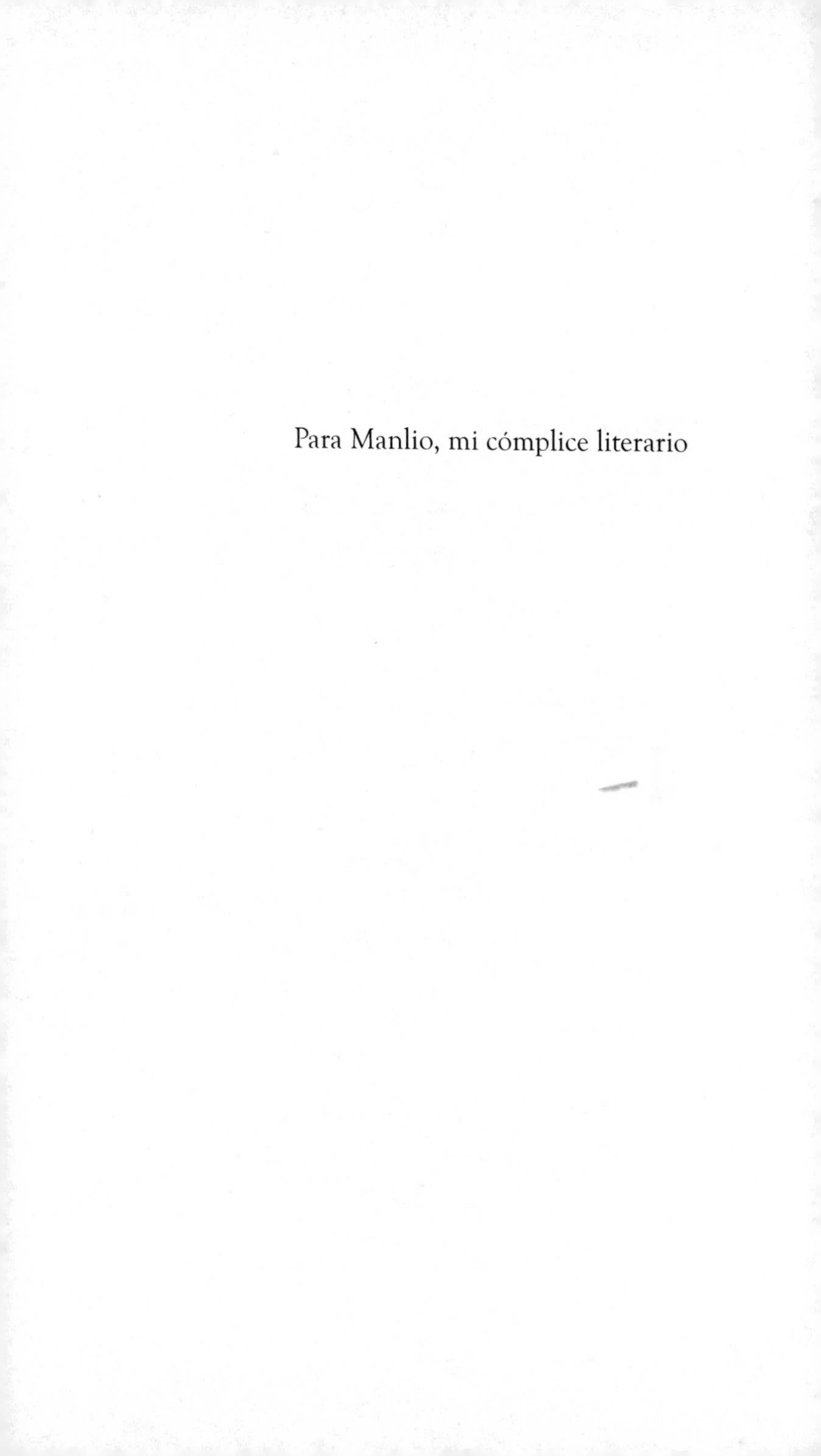

Para Manlio, mi cómplice literario

La calle es una selva de cemento;
Y de fieras salvajes como no;
Ya no hay quien salga loco de contento;
Donde quiera te espera lo peor.

Héctor Lavoe

Una luz reflejaba
la modelo mirando a la nada,
hoy es viernes sangriento
aquí pronto habrá movimiento

Andrés Dulude

Miami Beach se prepara para el Urban Music Festival

Una vez más, Miami Beach se prepara para el festival de música urbana, que según se prevé atraerá a más de 200 000 jóvenes.

El evento anual, que se desarrolla durante el largo fin de semana del Memorial Day (Día de los Caídos), se iniciará el viernes y se extenderá hasta la noche del lunes.

Durante estos días la ciudad recibirá la visita de cientos de jóvenes provenientes de diversos estados del país, en su mayoría afroamericanos, quienes acudirán a fiestas y conciertos de música programados en las discotecas para la ocasión.

Con el fin de garantizar la seguridad, este año se cuenta con más de quinientos policías que transitarán por las calles en sus patrullas o bicicletas. El año pasado se registró un total de ochenta arrestos y siete muertes. Tres de las seis muertes fueron disparos a sangre fría a jóvenes de raza negra, sin causa aparente. Uno de estos fue el recordado tiroteo, en plena avenida Washington, a la altura de la 12 calle, que muchos transeúntes lograron grabar con sus teléfonos y colgar en YouTube.

Revólver Ediciones es una publicación de escritores y periodistas indocumentados que opera clandestinamente desde Miami Beach.

1.

Adobaron las chuletas en salsa de soya, azúcar, una pizca de sal, dos limones, medio vaso de Coca-Cola y *sesame seeds*. Las papas y las cebollas las hornearon. Acompañaron con aguacates de temporada.

El Comanche puteaba por la falta de identidad culinaria de Miami: era inaceptable que no tuviera un solo plato propio. Algún día montaría su restaurante de cocina típica. Vivían en una ciudad de modas y comidas exóticas, la comida miamense tendría lo justo de las dos cosas. En cualquier momento algún venezolano desterrado por Hugo Chávez llegaría con sus "reales" a armar el business en el Doral, se haría más rico y él seguiría arañando la pared para llegar a fin de mes.

—¿Coca-Cola? —preguntó Karina mientras el Comanche servía la comida.

—Sí, gracias.

—¿Viste algo en las noticias sobre el Memorial Weekend?

Según la última *Revólver*, parecía una carrera armamentista contra Irak: se estaba concentrando a la policía de varias ciudades en Miami Beach, llegaban refuerzos desde Orlando y Broward y armaban barricadas en zonas residenciales. Muchos restaurantes no abrirían y los hoteles ya estaban *sold out*. Cada año, la gente que recibía era más.

—Qué delicia de chuletas.

—Son los *sesame seeds* y la Coca-Cola, ahí está el tiro —respondió el Comanche, y pinchó un trozo de papa de su plato.

—Che, yo no entiendo mucho por qué la playa se llena de gronchos este fin de semana.

El Comanche tampoco lo tenía muy claro. Le habían dicho que era en honor a un rapero al que asesinaron unas pandillas ese fin de semana en Miami Beach, hacía varios años. Algo así.

Los platos ya estaban vacíos y el Comanche quería acostarse un rato, pero tenía que hacer unas movidas para conseguir billete. Estaba sin un peso. Se le venía el Child Support de Valentina y el pago del Bikini.

—Te gusta complicarte por gusto, boludo —dijo Karina—, mil veces te he ofrecido ayuda.

—Puedes darme lo que quieras, pero no plata.

—¿Lo que quiera? —preguntó Karina, y lo abrazó por la cintura.

...

Al suelo cayeron el pantalón, el calzoncillo del Comanche y la tanga de Karina.

2.

Eran más de ciento veinte fotos. Las mirabas. Las mirabas empinando un vaso de Don Q teñido con Coca- Cola, limón, y cuatro cubitos de hielo.

Te tocabas.

Te tocabas ahí, abajo.

Cómo te gustaba su boca. Boca de mamona. Bocota. Bocaza. Te encantaba, se te ponía dura.

Quinto vaso de Don Q, limón, cubitos de hielo, Coca-Cola. Las fotos sucedían en la pantalla y les aplicabas efectos de zoom, crop, undo. Boca. Bocota. Bocaza.

Te tocabas.

Derramaste placer.

3.

El timbre del celular despertó al Comanche. Era Karina. El officer Perez acababa de irse de su casa. A la Kina la habían encontrado muerta. El último número que aparecía en su teléfono era el de Karina, por eso Perez había pasado por ahí. No iba a ser necesario el reconocimiento del cuerpo, pero sí era muy probable que la volviera a llamar para un interrogatorio. Dependía de las investigaciones.

El Comanche acostumbraba pararse bajo el chorro de agua caliente con los ojos cerrados, escuchando canciones de Héctor Lavoe, mientras la espuma mentolada del *Head and Shoulders* le deslizaba por la cara. Y quedarse así varios minutos, revisando pendientes o echando un vistazo a los recuerdos. Pero esta vez fue breve.

En el suelo estaban el mismo jean y la misma camisa negra del día anterior. Se puso el jean. Olió el cuello y los sobacos de la camisa: aún aguantaban un round más. Las otras cuatro camisas estaban debajo de la cama, entre otros pantalones, medias y calzoncillos. La habitación de mierda era del tamaño de una ratonera. La Cara de trapo la limpiaba una vez a la semana, aunque hacía varias que no le pasaba ni una escoba y el ambiente se empezaba a sentir cargado. Cobraba veinte dólares por limpiar la habitación y eso era mucha plata en ese momento para él.

La recepción del Bikini olía a café, como siempre. En el front desk, Skinny leía un libro de *Principles of Management* y tomaba notas.

—¿Estudiando, flaco?

—Yeah, man, estas clases de summer son candela.

Antes de que el Comanche saliera, Skinny le recordó que debía tres semanas de habitación. Se le estaba yendo el cheque completo del unemployment en Mariolys, su ex mujer, explicó el Comanche, ¿cuánto tiempo más podía esperarlo? Skinny dijo que si fuera por él lo esperaría todo el tiempo del mundo, pero el manager jodía mucho. Si pasaba por ahí y no estaba el dinero, iba a pedirle que sacara sus cosas del cuarto; podía ser esa misma tarde, o al día siguiente, o no aparecer en una semana. El problema era que estaba rondando muy seguido, porque la computadora para huéspedes, en la recepción, se había malogrado, y hasta que no se arreglara andaría por ahí. Un par de técnicos habían ido a revisarla, pero querían cobrar más de lo que costaba una nueva solo por arreglarla.

—Déjame ver qué hago, flaco.

El cheque del unemployment estaba por llegar, hablaría con su ex esposa para ver si lo esperaba.

En la calle, el Comanche encendió un Marlboro y se puso sus aviadores negros Ray Ban.

4.

Karina estaba sentada en el suelo, con la espalda recostada contra la cama. Llevaba una camiseta de los Miami Heat que la cubría hasta debajo de los muslos. El Comanche se acomodó sobre la orilla del colchón y ella lo abrazó por la pierna.

Encontraron a la Kina con el cuello abierto de lado a lado en el alleyway de atrás de su casa. El officer Perez creía que la habían matado entre las cuatro o cinco de la madrugada. El último registro en su celular era a las 3:30 a.m., a Karina, un text preguntando si aún seguía en el Hemingway. No podía pegar el ojo.

El bar casi cerraba, recibió como respuesta. La noche estaba fea: en el restaurante de al lado, unos gronchos se habían ido sin pagar. Se agarraron a trompadas, reventaron los vidrios. En la Washington, arrancó una balacera. La policía pidió en los locales que mejor no siguieran atendiendo al público:

las cosas podían ponerse peores. Karina se fue sin siquiera cuadrar caja.

—Cálmate —dijo el Comanche, pasándole la mano con suavidad por la cabeza. Conocía a Perez de un par de casos en los que habían coincidido. Era un policía con mucho oficio, hábil en lo suyo. Algunas veces cruzaron palabras, pero estrictamente relacionadas con el trabajo.

Karina no confiaba en el cana: siempre lo veía por el Hemingway y no le gustaba nadita. Era un patán con la gente, trataba mal a los empleados. Quería que el Comanche la ayudara a encontrar al hijo de puta que había matado a la Kina.

—¿Tienes un encendedor?

—Allí en la cocina.

A él no le parecía buena idea involucrarse en el caso: para eso estaba Perez. Él necesitaba alejarse de ese entorno. Karina entendía, varias veces lo habían conversado, pero se trataba de la Kina, su hermana de Miami. Tenía que saber todo lo que sucedió de cerca. Si la investigación quedaba en manos de Perez, no tendría por qué decirles nada ni darles ningún detalle.

El Comanche encendió un Marlboro y se quedó en silencio viendo las volutas de humo de su cigarro.

5.

—Debit or credit?

—Debit.

—Your pin, please.

La Kina compró un Nestle *Drumstick* de chocolate en el Seven Eleven; el insomnio le daba ansiedad y le provocaba comer dulces, aunque los dulces le quitaban más el sueño. De haber sabido que su noche sería larga, hubiese preferido atender a alguien. Aunque el único que la había contactado era Paco, y decidió cancelarlo a último minuto porque el tipo ya parecía enfermo mental, le daba miedo. Un día antes había vuelto a recibir un e-mail suyo: "Voy para que me comas la polla entera. Mi polla necesita follarte. Jajaja, discúlpame las chorradas, es que de recordar nuestras noches me pongo cachondo", y al pie del mensaje iba su firma de capitán de Aerolíneas Ibéricas.

El vuelo que pilotaba Paco aterrizaba a las tres de la tarde y la Kina acostumbraba a verlo a las nueve. Tenían sus citas reservadas sí o sí cada quince días, que era cuando él viajaba. Pasaban la noche juntos, al día siguiente desayunaban room service, follaban una vez más y se despedían. El capitán pilotaba el Airbus de Miami a Madrid a las cinco de la tarde; necesitaba descansar al menos unas horas, por eso ella se iba temprano. Esa era su rutina.

Casi llegando a su casa, la Kina se dio cuenta de que seguiría dando vueltas en la cama, así que le escribió un text a Karina preguntándole qué tal estaba el bar, a ver si le caía en la barra un rato y se tomaba algo.

Ni bien apretó el botón de send, una voz quebró el silencio del alleyway y dijo hey. Prefirió no voltear: mucho loco suelto ese día a esa hora. Pero otra vez dijeron hey, y además con su nombre: hey, Kina.

6.

El Comanche le pidió a Mariolys que lo esperara quince días hasta el siguiente cheque del unemployment; si no, lo iban a echar del Bikini. Ese no era su problema, fue la respuesta de Mariolys, ¿acaso quería que las botaran a ella y a su hija del cuarto? Cantidad de biles era lo que tenían encima.

–No empieces.

–Singao.

–Deja tu drama de telenovela para cocineras.

–Singao hijo de puta.

Mariolys tiró el teléfono.

Él siempre puso en claro que no quería hijos. Lo suyo era la noche, tomar ron, culear con su hembra como animales que quieren satisfacerse, nada más. Las familias representaban orden, jerarquías, eran una pequeña muestra de cómo debía ser la sociedad; él solo se sentía cómodo en el caos, en la parte desordenada del mundo Quizá manejaría a la familia un tiempo al inicio, aunque luego se agobiaría cuando empezara la rutina doméstica: no se imaginaba llevando a un niñito a la escuela o revisando las tareas por las tardes. Además, investigar crímenes lo mantenía expuesto a que lo encontraran en cualquier esquina, lleno de plomo, a medianoche. ¿Qué seguridad podía ofrecerle a un hijo?

Cuando recién se separó de Mariolys, estuvo en duda de si rentarse una habitación en una casa o ir al Bikini, pero afortunadamente le había agarrado el gustito a vivir en el hostal. Lo único que le molestaba era que no podía cocinar. Cuando vivía con Mariolys, los viernes era un clásico llegar por las noches, cortar tomates y cebolla roja en rodajas gruesas y ponerlos en la sartén con trozos de palomilla, sal y salsa de soya. Cuando la carne estaba a medio cocer, echaba papas para que se friera todo junto. Entonces destapaba la botella de Bacardí. Lo tomaba con Coca-Cola, limón, hielo. Ella lo acompañaba con la misma bebida. Fiestas, les llamaba el Comanche a esos vasos de ron; el ron le sabía a fiesta, a amanecida, a baile, a jarana, a puterío, a culeadera. Un par de fiestas y la cena estaba lista. Comían. Luego los vasos se llenaban con más fiesta, sonaban canciones de Héctor Lavoe: “Juanito Alimaña”, “Periódico de ayer”, “El cantante”. Y se enredaban entre el baile, los besos y las manos torpes por debajo de la ropa.

7.

El trabajo de Mariolys en el Dolarazo del mall de Las Americas tenía los días contados: le habían reducido las horas semanales y no llegaba ni a cuarenta.

El dueño, Iñaki, cubría la otra parte del *shift*. Nadie entraba en esa tienda a comprar rosas artificiales, o lapiceros que dejaban de escribir a la semana, o chicles que después de dos masticadas perdían sabor. Ni los anuncios de ofertas que hacían con cartulinas de colores tenían éxito: lleve 3 por 1.50. A veces era una rosa, una liga de pelo y un chicle de menta; otras un chicle de canela, un marcador de páginas con las pirámides egipcias dibujadas y un colador de fideos. Iñaki le había llevado unos catálogos de Odeón para que probara como vendedora y ver si así se resolvía unos pesitos, aunque no era gran cosa: se ganaba solo por comisión, pero lo bueno era que podía acomodar sus horarios. Incluso a los clientes que entraran al Dolarazo podría ofrecerle productos. La mamá de Iñaki llevaba años con eso y no le iba mal. Eso sí: antes de que la aceptaran como vendedora, debía rendir un examen. Por eso estaba aprovechando las horas en blanco detrás del mostrador para aprenderse los catálogos de arriba a abajo. *Ay, muchacha, pero qué cositas tan lindas tenían esos de Odeón para tu niña: pulovitos pink, mediecitas del osito Winnie, zapatitos con flores lo más de bellos.*

En una época a Iñaki le dieron una concesión de venta de planes turísticos a las Bahamas y Disney y Mariolys intentó levantar el negocio con eso; además, ella ganaría por paquete vendido y las comisiones eran buenas, pero no se vendió uno solo: apenas entregó cuatro o cinco brochures entre sus conocidos del mall, y al mes se la quitaron. *¡No entraba un solo customer, caballero!* Las tiendas de al lado estaban cerradas o también vacías, al igual que la rotonda para niños, con un Dumbo pálido, al centro, que con el favor de unas moneditas tocaba *London Bridge is falling down, falling down, falling down.*

8.

Karina y la Kina se conocieron en el Delic, una pequeña cafetería argentina que solo servía desayunos y almuerzos. La Kina se encargaba de la caja; Karina empacaba los deliveries. Por pura coincidencia las dos acababan de llegar a Miami y casi que se llamaban igual. Extrañaban mucho, muchísimo, por eso se la pasaban volteando la lata de *tips* sobre el mostrador y contando monedas para ver si ya les alcanzaba para cruzar a la Mobil de Alton y la 12, y regresar con una Long Distance. A las monedas de veinticinco centavos las llamaban cuoras, porque así escucharon que les decían los otros del Delic. Con veinte cuoras compraban una Long. Karina llamaba a su mamá; a su hermano Federico, que pronto iba a acabar el secundario, y ella le había prometido que mandaría guita para pagar sus estudios en el instituto de farmacéuticos. La Kina encendía un cigarro y llamaba a su mamá. A nadie más. ¿Cómo está mi petisa? ¿Cómo te va en la confitería? No es una confitería, negrita, no es lo que te imaginás. El café lo servían en vaso de cartón y se batía con palitos de plástico. Las migas eran de un jamón medio dulcete y reseco. Las empanadas parecían fritas en aceite de auto, ni siquiera eran horneadas. Encima les pagaban una cagada y a la hora de almuerzo les daban un sándwich de atún, en pan integral, con mayonesa y lechuga, que detestaba porque el atún sabía muy amargo, como a concha de vieja chota, y una lata de Fanta o Sprite. Coca no podían porque estaban contadas para los customers.

—No he dejado mi país para morirme de hambre en Estados Unidos, boluda —decía Kina cada viernes, a la hora del lunch, en que les repartían su sobre con la miseria que ganaban—. Ni en pedo.

9.

El taco rasante sobre el paño golpeó la blanca con efecto a la derecha, la blanca chocó a la negra, la negra pegó en dos bandas y entró en la buchaca. El Chamizo tiró su billete de veinte sobre la mesa. Se plantaba, cuarta seguida que perdía. Encima tenía que pagar los cafés y los cigarros, qué arrechera cargaba coño'e la madre.

Con esos ochenta el Comanche no cubría ni una semana en el Bikini, pero era suficiente para comer y comprar cigarros varios días.

—Levantaste buen billete en esas cuatro mesas —dijo el Consorte, y puso una taza de café frente al Comanche, que se había sentado en la barra con un Marlboro.

—Me vas a matar con tanto café, hijo de puta.

—Fuck, te quejas de todo.

Lo que ganaba el Consorte en su *part time* vendiendo huevos fritos y café en Los Latinos no alcanzaba ni para pagar la luz de su efficiency. Por eso llevaba cuatro años encargado de "abastecer de merca a la población" de South Beach, que, pasadas las diez de la noche, no podía vivir sin colocarse unas líneas. Muchos de sus clientes eran también clientes de la Kina. Él mismo se había beneficiado con los servicios de la jevita en el departamento de los Quintero, en South Pointe. Le pagaban el delivery y de tip le ponían a la Kina, de rodillas, a que le hiciera una buena mamada. Tenía un arete de plata en la lengua, era una artista, hacía correrse al Consorte en menos de tres minutos. Los Quintero llamaban a la Kina por lo menos seis o siete veces al mes y le repartían verga entre todos. Eran rumbas de noches enteras, no paraban a veces hasta las diez u once de la mañana del día siguiente. Buena parte de la merca se la aspiraba ella, para aguantar.

–Me enteré de lo de la Kina. ¿Cómo está tu jeva?

–¿Cómo crees? Hecha mierda.

–I can imagine, pinga.

–Anótame un par de huevos fritos con

pimienta, tengo hambre.

—Asere, me vas a quebrar el business. Él único que come eres tú y no pagas.

Nadie iba a Los Latinos porque tenían tres idioteces en el menú, las mismas de todos lados: cortadito, tostadas cubanas, croquetas, su especial de tostadas cubanas con unas lonjas de jamón o bacon que le llamaban Las Lambadas. Y de fondo sonaban canciones de ama de casa. A sugerencia del Comanche tenían que preparar cebiche a la hora de almuerzo, agregar solo eso a su carta. Él mismo podía darle la receta y enseñarle a prepararlo. Era el plato ideal para la playa. En ningún lugar de South Beach lo vendían y debían aprovechar antes de que les ganaran por puesta de mano.

—Lo peor es que Karina me ha pedido que investigue el caso.

—Mira pa' eso coño. De razón estás por aquí —reclamó el Consorte, porque el Comanche solo iba a buscarlo cada vez que tenía hambre o necesitaba que le diera una mano en sus investigaciones.

—Yo sé, pero esta vez será diferente; algo por mi cuenta.

—No es fácil con las jevas, bro. Pero en lo que te pueda ayudar, ya tú sabes, por acá me tienes, como siempre.

Por el lugar donde habían matado a la Kina, el Comanche estaba convencido de que el asesino era alguien de la zona, o que la conocía y estaba buscando específicamente. En esas calles, a esa hora, no había turistas, y mucho menos uno de sus clientes. Al día siguiente del asesinato, ni bien salió de la casa de Karina, había pasado por el lugar donde sucedieron los hechos para hacer un reconocimiento y no tenía la menor duda de lo que decía. Así que iba a necesitar que el Consorte le diera una mano entre su gente para llegar al fondo del asunto. El instinto no le fallaba.

10.

–Dime.

–Te he llamado todo el día –contestó Mariolys.

–No me entró ninguna llamada.

–Necesito la plata mañana.

–No tengo.

–Coño, ¿y qué tú quieres que haga?

–No sé, pero no olvides tu palabra favorita antes de tirarme el teléfono.

–Aquí la tienes: singao.

[...]

En la recepción del Bikini, un cartelito decía *I'll be back*. El Comanche pensó en ir directo a su cuarto, pero prefirió esperar: quería hablar con el manager, pedirle dos o tres semanas más. Sobre el mostrador estaba el libro de Management y el cuaderno de Skinny, seguro andaba atendiendo algo por ahí. También había un vaso con colada y varios vasitos para servirla. Llenó uno de los vasitos. Remojó sus labios y la lengua. Le gustaba saborear el café cubano que preparaba Skinny: era muy amargo y casi sin azúcar.

Skinny volvió secándose las manos en la camiseta, y antes de que el Comanche preguntara por el manager, sacó del cajón un recibo por el pago de las semanas que debía, y otras tres adelantadas. El Comanche preguntó de dónde mierda había conseguido eso. Skinny tenía un pacto de silencio con el benefactor, no podía hablar. El Comanche lo jaló por el cuello de la camiseta y dijo que hablara de una puta vez, flaco feo, o le volaba los dientes. Easy, easy, fue tu chica Karina. Pasó por acá hace un rato.

El Comanche guardó el comprobante de pago en el bolsillo de su camisa y pidió disculpas.

Ya habían comprado una nueva PC, así que de todas formas el manager no iba a estar jodiendo la paciencia por ahí en buen tiempo.

—Bueno, flaco, discúlpame por el sobresalto. Me voy a mi habitación, que estoy un poco estresado.

—Dale, men.

El Comanche se quitó los zapatos y se acostó a leer su horóscopo en la prensa, lo único que valía la pena entre todo ese papelero. Los diarios de Miami no servía ni para limpiarse el culo. Por más que había dejado la ventana abierta, no se podía ni hojear el periódico a gusto por el olor a mierda que se concentraba en ese lugar.

11.

–¿Por qué hiciste esto? –preguntó El Comanche con el comprobante de pago en la mano.

Karina dijo que él la estaba ayudando y ella también quería ayudarlo. Que mandara lo que él tuviera a su ex mujer, no era cosa de juego meterse en rollos por el Child Support.

Se sentaron en la mesita de la cocina a esperar que estuviera listo el café y Karina le contó al Comanche que Perez estuvo chupándose un par de cervezas la noche anterior y que ella trató de sacarle información y el hijo de mil putas le dijo que lo único nuevo que había descubierto era que su amiga, además de prostituta, era indocumentada. Luego lo vio hablando con Campero unos minutos. El pibe ese de Campero era un locón, todo el día hablaba del Primitivo Maradiaga, un futbolista retirado de su país. No había día que no llevara una remera con la cara de Maradiaga bajo el uniforme del Hemingway;

vivía en otro planeta, no creía que pudiera aportarle mucho.

El Comanche dijo que ya se había conectado con el Consorte por su lado; tenía clientes nocturnos en común con la Kina, en especial unos colombianos, los Quintero, que al parecer eran VIP de los dos.

El café estuvo listo.

Karina sirvió.

El Comanche pidió un poquito de azúcar, pero muy poquito. Y mientras la revolvía, acercó su cara a la taza humeante: ese olor no tenía igual, era una maravilla.

Karina sabía a quiénes se refería; ella prefirió siempre mantenerse al margen del trabajo de su amiga, pero algunas veces hablaron de los colochos. El Comanche le había pedido al Consorte que los tanteara antes de que él se metiera; mientras tanto, trataría de reconstruir las últimas movidas de la Kina. Tenía anotado que, la noche anterior, la chica pasó por el Hemingway. Llegó cerca de las doce, conversó un rato con Karina y se fue como a las dos horas. El día del asesinato, Karina y la Kina no se vieron, solo se textearon por la tarde. La Kina le contó que se había despertado cerca de la una. Descansaría todo el día, no tenía ni un cliente que atender. Se escribieron más al cabo de un rato, la Kina había pedido un delivery de Domino's para almorzar y estaba viendo *Dexter.* Después no se comunicaron más hasta las 9:03 p.m.: la Kina se había quedado dormida toda la tarde, seguro iba a desvelarse. Si no podía dormir, le caía. Bye.

—Quiero hablar con alguna de las que puteaba con la Kina en la barra del bar.

—Pero ya ninguna está. La misma Kina empezó a atender a sus propios customers hace tiempo.

—Yo sé, pero necesito saber más acerca de tu amiga. Es muy poco lo que tú y yo conocíamos.

—Ok, dejame ver cómo hago. Era muy amiga con la Polaca y creo que puedo tener llegada a ella.

Acabaron el café y Karina quería hacer una siestecita. Eran las tres de la tarde, había llegado a su casa a las siete de la mañana, cuadró caja hasta las seis y media, casi no durmió. No podía dormir, le daba miedo, soñaba que a ella también vendrían a cortarle el pescuezo. Con él se sentía segura, descansaba.

El Comanche acomodó su camisa y su pantalón a los pies de la cama, se acostó en calzoncillos y se quedó dormido casi de inmediato. Karina, desnuda, se cubrió el cuerpo con la sábana y clavó la mirada en las hélices del ventilador que colgaba del techo.

12.

Pasaron algunos meses en el Delic y decidieron buscar trabajo. A Karina no le alcanzaba el cheque para mandar guita a Mardel. Y la Kina odiaba esa mierda, la detestaba. Saliendo del Delic, por las tardes, empezaron a visitar los bares de Lincoln, Washington, Española y Collins; querían ver si había empleo para las dos y cuánto pagaban. En la mayoría de lugares jodían por el *social security*, hasta que consiguieron laburo en el Hemingway, la barra mítica de South Beach.

El Hemingway fue la casa de Jane, una mujer que en la década de 1930, cuando el escritor se escapaba de su esposa Mary, en Cuba, lo recibía y pasaban unos días juntos, tomando ron, culeando y fumando tabacos Montecristo. Casi nadie conocía el paradero del escritor en Miami, ni Mary; él no decía dónde iba, solo salía procurando llamar la atención lo menos posible en el Pilar, su bote de pesca. El ron que más le gustaba tomar a Hemingway era uno que Al Capone le dejaba personalmente en casa de Jane. Las botellas no tenían etiqueta: solo un papel pegado, escrito a puño y letra de Capone, que decía *The Writer's Rum.* Capone entonces vivía en su mansión de Miami Beach, huía de la ley en Chicago y era uno de los pocos que estaba al tanto del refugio de Hemingway. Allí, más de una vez se habían reunido a tomar el *Writer's Rum* y fumar los Montecristo que traía Hemingway de Cuba. Por eso es que el bar ubicado al frente el Hemingway, al cruzar la calle, se llamaba Al Capone. Los chismes decían que los dueños de ambos bares alguna vez quisieron asociarse, y como no llegaron a un acuerdo, cada uno puso su propio bar para hacerse competencia.

Por más que ganaban tres veces más que en el Delic, la vida era muy agitada: entraban a las ocho o nueve de la noche y no salían hasta las cinco o seis de la mañana. La Kina se dio cuenta de cómo se movía el oficio de acompañante en la barra, donde entabló contacto con tres rusas y una polaca que llevaban tiempo en ello. Lo que hacían era sentarse a esperar hombres que les invitaran bebidas. Las cuentas eran de doscientos, trescientos dólares; al final, por unos trescientos o cuatrocientos más, se iban con el cliente. ¿Qué hombre con guita en el bolsillo se iba a negar? La administración del bar se hacía la de la vista gorda: esas mujeres atraían muchos clientes y generaban consumos altos. El promedio de lo que sacaba una acompañante no bajaba de mil dólares a la semana, trabajando de miércoles a sábado. Aunque eso era solo una puerta de entrada para que luego se consiguieran sus propios clientes y los atendieran por su cuenta. Y aunque Karina se cansó de decirle que estaba loca, la Kina insistía en que necesitaba plata y que su cuerpo era lo más valioso que tenía, así que alquilarlo era lo que más plata le iba a dar.

13.

—Bro —dijo la Kina sorprendida cuando te reconoció en la oscuridad del alleyway de atrás de su casa. Era raro verte en ese lugar, a esa hora.

Te habías hecho pajas toda la noche pensando en ella y se lo dijiste. ¿Cuándo mierda ibas a parar con eso, bro? Seguro estabas borracho, dos tragos y te ponías así. Asqueroso. Le mostraste el cuchillo con el que habías cortado limones.

—Todo el mundo te la mete, a mí solo chúpamela.

Bajaste tu bragueta.

—¿Estás loco? Largate, que has tomado mucho.

Te encantaba su boca, te encantaba. Diste pasos hacia el frente, con la verga afuera, empuñando el cuchillo.

—Que te largues, loco de mierda.

La arrinconaste entre el contenedor verde de basura y la pared.

—Hijo de la gran puta.

Se puso de rodillas, pero lo tuyo era un colgajo vergonzoso. Carne muerta. Tanta paja. Tanto ron. Intentaste masturbarte. No reaccionaba. Colgajo inútil. Querías que la Kina también fuera tu puta. Pero eso era un colgajo escurridizo.

14.

Los Quintero le contaron al Consorte que, durante una de esas noches de rumbas interminables, comentaron que Jairo Córdova llegaría de Medallo. Córdova era uno de sus mejores amigos, un tezo de la industria porno en Colombia, y estaba exportando actrices a Miami y Madrid. La Kina pidió que los presentaran: necesitaba un buen contacto para entrar en ese medio. Cuando Córdova estuvo en Miami, les programaron una reunión. Más adelante supieron que la Kina estaba grabando sample videos para managers de actrices; ella misma lo dijo.

Jairo Córdova viajaba a Miami una semana sí y una semana no; sus negocios crecían bastante, y en esos días llegaría. Le confirmarían al Consorte cuándo, quizá podrían hablar con él para que les diera más información.

El Comanche anotaba lo que el Consorte iba diciendo. Los esperaba un largo trecho: no sabían dónde estaban parados ni qué encontrarían en el camino. De momento, con que el Consorte se mantuviera cerca de los colombianos, era suficiente. No era necesario que él interviniera aún, para no espantarlos, hasta que llegara Córdova.

—Sabes cuál es el único problema que tengo con todo esto, right?

—¿Con qué, con colaborarme?

—Ajá.

—Déjame adivinar, Consorte.

—Adivina.

—¿Perez?

—Ese comepinga.

El officer sabía que el Consorte no solo vivía de freír huevos y alquilar la mesa de billar en Los Latinos; ese era su gran inconveniente, y hace rato que lo tenía en la mira.

15.

El Comanche texteó a Mariolys: mandé cheque por correo. Como respuesta recibió un ok. Ni un gracias, hija de la gran puta, pensó, y guardó el teléfono en su bolsillo.

[...]

La noche en que nació Valentina, Luz llamó al Comanche a decirle que estaban yendo al Jackson Hospital: su prima Mariolys había roto fuente. El Comanche le dijo que cerraba un pendiente e iría para allá, pero jamás llegó porque se quedó en el Aruba, donde solía perder la memoria y la decencia al menos dos veces por semana.

—¿Cómo vas, industria? —saludó Roy desde atrás de la barra cuando lo vio llegar, y preparó un cubalibre con doble Bacardí. El Comanche pidió música de Héctor Lavoe, de dos sorbos secó su vaso y encendió un Marlboro. Coño, industria, estás con sed, dijo Roy, ya te preparo otro.

El Comanche caminó hacia el baño con su bolsita llena de merca en el bolsillo. Enrolló un billete, aspiró dos, tres veces. Se miró en el espejo, no tenía restos de polvo blanco entre la nariz y la comisura de los labios. Metió la mano en la bolsita y con los dedos pellizcó un poquito más e inhaló antes de salir.

—¿Por qué tan *alone* ese machote? —le preguntó una mujer cuando se acodó otra vez en la barra. Era de las pocas personas que le daban vida al Aruba.

—Mi mujer está expulsando un hijo mío por la concha allá al frente —dijo el Comanche, señalando hacia cualquier lugar.

—Mi esposo está esperando con la cena servida —dijo la mujer, y estiró la mano. Se llamaba Yilka, llevaba argollas grandes y turquesas en las orejas, en la boca tenía tufo a cigarro y empinaba un vaso de whisky.

—Comanche, un gusto. Y le extendió su paquete de Marlboro abierto.

Yilka puso dos billetes de veinte sobre la barra y pidió un whisky para ella, y para ese machote tan buenmozo, lo que él quisiera.

Roy preparó un Black Label on the rocks y un cubalibre, con apenas un chorrito de Coca-Cola y cuatro dedos de ron.

—Por mi marido —dijo Yilka, y chocaron vasos—, que hoy el infeliz ha preparado lentejitas con arroz.

—Salud.

—¿Cuánto tiempo tienes de casado?

—No estoy casado.

Ella en cambio tenía doce años de casada y hacía por lo menos tres o cuatro que el infeliz de su marido solo preparaba cenas y las comían frente al televisor, viendo series de suspenso gringas. No le quedaba más que complacerse por su cuenta o buscar en alguna barra quién lo haga.

Siguieron los cubalibres.

Siguieron los Marlboro.

Siguieron los whiskys.

Siguieron las idas al baño con la bolsita, hasta que se acabó.

–Vamos, machote –dijo Yilka–, hazme hembra. Y lo besó y le metió la mano por dentro del pantalón. La noche aún tenía mucho que ofrecer, debían buscar otra bolsita con merca.

El Comanche se sentó al volante del Cavalier negro de Yilka y condujo por Biscayne Boulevard, rumbo al *Sweet Dreams* de la calle Ocho. Las manos y la boca de Yilka se entretenían con el miembro del Comanche hasta que se lo mordió y perdió el control. El auto subió en la acera y se estrelló contra un *stop sign* unos metros más allá.

Llegaron dos patrullas.

Ni el Comanche ni Yilka sufrieron mayores lesiones: ella un ligero golpe en el cuello contra el volante, por estar con la cabeza gacha al momento del impacto. Pero la parte delantera del Cavalier parecía un acordeón. Él apenas podía articular palabra y dar un paso. Lo esposaron y un remolino de luces azules y rojas se lo llevó a toda velocidad. Al cabo de unos días de estar detenido, un abogado de oficio lo liberó pagando fianza. Cuando volvió a la oficina, su jefe, el inspector Romero, le dijo que agarrara sus cosas y se largara: lo suyo había sido un escándalo, el marido de la mujer del accidente había ido a buscarlo para romperle la cara, y Mariolys llamaba y llamaba para que fuera a conocer a su hija.

—Vete a la concha de tu madre, Romero —dijo el Comanche—. Escúchame bien, a la concha de tu madre. Y esa fue la última vez que vio a Romero.

16.

—Officer Perez, un placer nuevamente —dijo el Comanche, y se sentó.

Perez vestía una camisa blanca de mangas cortas, corbata azul oscuro con el nudo suelto, y remojaba en ketchup las últimas papitas fritas que quedaban en la cesta. A primera impresión no reconoció al Comanche: llevaban varios meses sin cruzarse y antes no tenía esas veinte libras de más ni tantas noches sin dormir acumuladas en los párpados.

—Soy el Comanche. El inspector privado que llevó el caso del escultor famoso que salió en las noticias y cuya muerte lloró toda Miami Beach.

—Un gusto. Tiempo sin verlo —dijo Perez, y se limpió la grasa de la boca con una servilleta.

Investigaron de cerca el caso del asesinato a Andrei Di Mirandello, un escultor que tenía su galería en Lincoln Road por lo menos un año y medio atrás. La familia del escultor contrató los servicios de la agencia Romero, donde trabajaba el Comanche, porque la viuda quiso conocer a fondo la vida de su marido. Desconfiaba de él: toda la vida fue un pinga traviesa y había mucho dinero y obras artísticas de valor de por medio. Al final, uno de los hijos se declaró culpable y terminó guardado a cadena perpetua en la cárcel del Downtown.

—Fue uno de mis últimos casos, poco después me retiré —dijo el Comanche, y encendió un Marlboro.

Perez dijo que lo mejor que había hecho era retirarse de ese oficio, sobre todo en South Beach, donde mataban gente a diario y había que meterse en antros como el Hemingway a buscar criminales o desmantelar pases de merca.

—Ve a esa muchacha —preguntó el Comanche señalando a Karina, sin seguir el hilo de lo que hablaba Perez.

—Sí —respondió Perez e hizo a un lado la cesta vacía y sacó un paquete de Camel del bolsillo de su camisa.

Antes de darle tiempo a buscar su encendedor, el Comanche le alcanzó el suyo, que estaba sobre la barra, junto a su paquete de cigarros.

—Era mejor amiga de la muchacha que encontraron con el cuello abierto en uno de los alleyways de Meridian, en el Memorial Weekend.

—El caso de la acompañante.

—Sí. ¿Usted lleva el caso?

—¿Por qué pregunta tanto, Comanche? ¿No está retirado?

—Sí, pero la muchacha de acá es mi compañera.

—Entonces, si es su compañera, debe estar al tanto de que yo llevo el caso, porque fui a hablar con ella a su casa. ¿O su compañera le oculta cosas?

—Ok, ok, es solo curiosidad porque se trata de alguien cercano.

—Look, Comanche, casos como el de la muchachita esa se ven todos los días en South Beach y usted lo sabe bien. A las putas y a los travestis los matan como cucarachas.

—Me está queriendo decir que no van a perder su tiempo en ese caso —interrumpió el Comanche.

–Comanche, mejor tómese un trago y relájese. Esto ya no es lo suyo. ¿Qué toma?

–Coca-Cola, estoy retirado.

–¿Retirado de todo?

–Digamos que de algunas cosas. Pero no nos desviemos; en ese lugar donde han matado a la Kina, solo podía haber alguien que la estaba buscando o esperando.

–O uno de los tantos locos drogadictos que andan sueltos por esos callejones. Está usted delirando, Comanche.

Perez no se quería aburrir, lo dormía tomar solo o con alguien que calmaba la sed con Coca-Colita. Dejó dos dólares sobre la barra para el tip de Karina, y palmoteó el hombro del Comanche.

En las mesas del Hemingway se empinaban vasos y botellas, en la barra no quedaba una sola silla disponible, Karina servía ron, tras vodka, tras whisky, y destapaba botellas de Heineken y Budweiser. Con su trapito blanco, Campero secaba los vasos que salían de la cocina. El Comanche le pidió a Campero que se acercara: quería saber cuándo podían conversar sin tanto ruido. Era por lo de la Kina, le gustaría hacerle un par de preguntas. Campero podía cualquier día por la mañana; en las noches estaba en el Hemingway.

El Comanche terminó su Coca-Cola, ya se iba. Se acercó a Karina y le dijo que dormiría con ella para que no tuviera miedo de llegar sola y le preguntó si ya le había conseguido los datos de la Polaca. Karina le dijo que sí y le entregó un papelito con la dirección de la mujer.

Afuera del bar se encontró con el Chamizo. Venía de medirse en unas mesitas de billar con los panas, de esa semana no pasaba que se volvían a agarrar. Tendrías que volver a nacer para ganarme una mesa, mocoso, dijo el Comanche, una sola. No seas mamahuevo, chico, contestó el Chamizo, ya veremos.

El Comanche se fue pensando en Perez. La policía no iba a dedicarle mucho tiempo al caso. Iba a ser como Karina dijo: ellos jamás se enterarían de qué sucedió realmente ni de quién mató a la Kina. Estaba en sus manos averiguarlo.

Desvió un poco su camino y pasó otra vez por el alleyway donde habían encontrado a la Kina. Ya no tenía el cerco de cinta amarilla que prohibía el paso de la gente. Ni una sola luz lo iluminaba, olía a meos de borracho y gato, y en los contenedores de basura se escuchaba a las ratas rumiando. ¿La Kina habría escuchado esos ruidos de ratas y olido esos meos mientras se le apagaba la vida?

17.

Hubo un total de 157 arrestos en el Memorial Weekend, catorce muertos entre asesinatos, accidentes, sobredosis, y mucho más vandalismo que en otros años. La prensa local no tenía otros titulares que no estuvieran relacionados con el tema. La Kina era solo una estadística. El asesinato que acaparaba las pantallas era el de un afroamericano que fue baleado en la puerta de la discoteca Bush, en Washington Avenue, rodeado de gente. Un Corvette azul con vidrios negros se detuvo y un sujeto con la máscara de Batman asomó con un rifle y abrió fuego hasta que el afroamericano terminó de convulsionar, tendido sobre un charco rojo. Mientras el auto se marchaba, lento, el sujeto de la máscara de Batman, con medio cuerpo afuera, gritaba *I'll do the same to all of you, fuckin nigers.*

Karina encendió la cafetera y fue al baño a orinar. El Comanche esperó en la mesa, sintiendo cómo el olor del café inundaba la cocina y comiendo tostadas integrales. Odiaba esas mariconadas de fibra, sanas, pero estaba bien que Karina las comiera, no en vano tenía ese cuerpo tan mantenido que a él, solo de verla, le provocaba arrancarle la ropa donde estuvieran.

—¿Cómo te va con el Consorte? —preguntó Karina, y se escuchó correr la cadena de la poceta.

—Si quieres que haga mi trabajo, no preguntes —dijo el Comanche, y se levantó para enjuagar las tazas.

Al salir del baño, Karina aprovechó que el Comanche estaba de espaldas, en el lavadero, y le metió un billete de veinte dólares en la billetera que estaba sobre la mesa.

—Me voy a buscar a la Polaca a la dirección que me diste anoche, ya me comuniqué con ella, me está esperando —dijo el Comanche, y guardó su billetera en el bolsillo.

18.

La Polaca vestía zapatos Crocs, shortcito hasta la mitad del muslo y una camiseta blanca sin brassier por debajo.

—Soy Susy para los amigos.

—Mucho gusto.

—Pasa, chico —dijo la Polaca y abrió la puerta—. Pasa que no me quiero sancochar afuera con el calor y cuéntamelo todo, que me tienes intrigada.

—Gracias —dijo el Comanche. Al pasar junto a la Polaca trató de ver sus tetas por dentro de la camiseta—. ¿Se puede fumar?

—My friend, claro que sí.

—Préstame un cenicero —pidió el Comanche mientras se acomodaba en una silla.

—Echa acá adentro —dijo la Polaca y le alcanzó

un zapato de tacón negro que estaba tirado en el suelo–. Y más bien dame un Marlborito de esos a mí también que me acabo de desayunar.

La Kina y la Polaca se juntaban por lo menos una vez a la semana en el Starbucks de Lincoln Road. Las dos se habían independizado hacía un tiempo y atendían a su propia clientela. La Polaca no tenía idea de quién podría haberle hecho eso a su amiga: no se llevaba mal con nadie y sus clientes la respetaban mucho. Solo le conocía a un piloto español que podría decirse que quizá la acosaba un poco, porque se había enamorado de ella y la esposa se enteró al leer unos e-mails en el celular y se divorciaron. El piloto quería que se fuera con él a España o que se quedara en Miami, pero sin trabajar más con clientes, que buscara otro trabajo. A cambio, él pagaría un departamento para que ella viviera y ahí se quedaría en cada una de sus visitas. El tipo se llamaba Paco Garcés y viajaba como mínimo cada quince días a Miami, pilotando una aeronave de Aerolíneas Ibéricas. Si la Polaca no se equivocaba, la Kina tenía una cita programada con Garcés para esos días, quizás el día anterior, ese mismo o el siguiente, al menos eso le contó la última vez que se vieron la semana pasada en el café.

La tripulación de Ibéricas se hospedaba siempre en el Destiny de South Beach, en Ocean

Drive, hacia el final de la calle, en la zona tranquila, aislados del neón.

—I'm sorry que no te ofrecí una botella de agua —dijo la Polaca —. El Marlborito me ha secado la garganta, voy por una, ¿quieres?

—Te la acepto, gracias —respondió el Comanche, sin quitar el ojo del shortcito que se metía entre las nalgas de la Polaca mientras caminaba hacia la cocina—. Esta puta está sin brassier, y muy seguramente tampoco lleva interiores, qué rica, carajo, pensó.

A pesar de que Garcés y la Kina habían tenido algún altercado en su momento, la Polaca no creía que él hubiera sido capaz de hacer algo semejante. De hecho la Kina lo apreciaba mucho como cliente y era uno de sus preferidos. No estaría de más que el Comanche se diera una vuelta por el Destiny si quería hablar con él, pero tenía que ser lo más pronto posible, si era saliendo de la casa de la Polaca mejor aún. La tripulación de Ibéricas no se quedaba más de uno o dos o días en la ciudad.

—¿Qué sabes de unos colombianos? Unos tal Quintero.

—Omg, esos son burda de panas, parcero, muy

queridos –dijo la Polaca y contó que ella también los había atendido bastantes veces, pero hacía rato que no la llamaban. Estaban fundidos de la cabeza, una vez organizaron una fiesta en un yate y terminaron anclando frente a Star Island y metiéndose a la casa donde habían filmado Scarface. La mansión estaba abandonada y con las puertas abiertas, así que fue fácil entrar. Cuando ya se iba a arrancar la culeadera, les tiraron el pitazo de que la guardia costera llegaba en cualquier momento y tuvieron que salir volados. Esos *manes* quizá podían darle algo más de pistas sobre la Kina, porque a ella sí habían seguido contratándola.

–Bien, bien –dijo el Comanche–. Creo que daré una vuelta por el Destiny. Y se levantó para ir hacia la puerta.

–¿Me dejas un Marlborito para después?

–Sí, cómo no –respondió el Comanche y estiró la mano con el paquete de cigarros abierto.

–Thank you.

–¿Puedo buscarte otro día sin problema si es necesario?

–Seguro. Por las mañanas estoy acá. Por la

noches o estoy con algún customer o en la esquina de Washington con Española Way, tratando de cazar alguno, porque el business está lento.

—Polaca, ¿de dónde eres, que no te encuentro el acento por ningún lugar?

—Parce, pana, pata, che boludo, and I can speak English as well as Nancy Reagan. Soy del mundo entero, querido. Igual que mi culo. Ni mi culo ni yo tenemos bandera.

19.

La morena del front desk del Destiny dijo que ya se había marchado la tripulación de Ibéricas. El Comanche sacó su *id* de investigador y una foto de la Kina y explicó que necesitaba saber si había estado en el hotel dos noches atrás, pero la morena se disculpó: no podía dar información de sus clientes, aunque se ofreció a llamar al manager y lo invitó a tomar asiento unos minutos en el *lobby*.

El Comanche se hundió en uno de los sillones de tela color hueso, que olían a lavanda. En el techo, viejos ventiladores de madera daban vueltas, en una esquina un piano, y junto a él, una barra forrada en madera de estilo muy clásico, como de un *speakeasy* de la época de Al Capone.

Un muchacho vestido de saco gris, jean negro, camisa blanca y gafas de montura de carey se presentó ante el Comanche como Paul Canalla, *he said he was the manager*.

El Comanche se puso de pie y mostró su *id* de inspector y la foto de la Kina. Explicó el porqué de su visita: necesitaba saber si la muchacha había pasado por el hotel la noche que la mataron a verse con uno de los pilotos de Aerolíneas Ibéricas que siempre contrataba sus servicios cuando estaba por la ciudad. Canalla se mostró dispuesto a ayudar, pero dejó bien claro que ese era un hotel de mucho prestigio, en el que las prostitutas no tenían permitido el ingreso. Lo que podían hacer, agregó, era ver con el *security* las cámaras de vigilancia, quizá ahí la identificaban.

Entraron por una puerta junto al front desk a una pequeña oficina, con varios monitores que enfocaban el hotel desde distintos ángulos. Un hombre obeso se sentaba frente a los monitores, en una silla giratoria, con los brazos cruzados.

—Hi, Tony —se dirigió Canalla al hombre obeso—. This gentleman is an inspector. He needs to see the entrance recordings from two nights ago.

El hombre obeso asintió con la mirada y acomodó un banquito junto a él y dijo *please, be my guest*. Canalla se disculpó, debía volver a sus asuntos, pero dijo que, por favor, pidiera que lo llamaran si necesitaba algo más, estaría en su oficina, que quedaba al lado.

El Comanche pasó más de una hora sentado en el banquito junto a Tony, revisando las grabaciones. Cada vez que entraba o salía algún cliente ponía pause, hacía zoom, retrocedía y adelantaba, pero fue en vano, ninguna de las personas que visitó el Destiny esa noche era la Kina. Y por lo que aparentaban las imágenes del público, el hotel era efectivamente muy exclusivo.

Antes de irse, en el front desk, el Comanche dejó un mensaje a Canalla en el cual agradecía su tiempo y disposición.

20.

Jairo Córdova los recibiría al día siguiente temprano. Se quedaba en un hotel en la Collins. El Consorte no sabía en cuál: Córdova prefería no dar esa información a nadie. Siempre se hospedaba en lugares diferentes y lo mantenía en reserva. Muchas veces, si no era necesario, ni los Quintero sabían dónde se hospedaba su amigo, pero esta vez ellos le avisarían dónde ir un rato antes.

El Comanche sacó el billete de veinte de su bolsillo, lo dejó sobre la barra para reducir la cuenta y el Consorte se lo devolvió: mejor que lo guardara para apostar con el Chamizo.

—Bueno, entonces ponme un par de huevos fritos con bastante pimienta.

—Eres un grandísimo singao.

—Y que vengan acompañados de una Glock.

–What the f..?

–Una Glock, una pistola. Voy a necesitar un arma, no puedo hacer esa visita sin una.

–Oh, sí, tienes razón.

Las anotaciones del caso en la libreta del Comanche no pasaban de una página. Entre las personas con las que quería hablar, estaban Campero, Jairo Córdova, y quizá los Quintero, pero dependiendo de lo que le sacara a Córdova, esa lista cambiaría.

–¿Va tomando forma eso? –preguntó el Consorte cuando regresó con los huevos y lo vio revisando sus apuntes.

–No sé.

Estaba resultando difícil reunir pruebas, definir sospechosos, no sabía ni siquiera si habían encontrado huellas en el cuerpo de la Kina, a lo mejor ya tenían al asesino identificado y él aún estaba rompiéndose la cabeza.

–Si quieres visitamos a los colombianos uno de estos días.

–Puede ser –dijo el Comanche–, justo en

eso estaba pensando. Y le clavó el tenedor a la yema de sus huevos.

21.

El Comanche necesitaba la computadora un rato, más tarde, para revisar unas cosas en internet. Antes organizaría en su cuarto la información. Skinny le anotó la nueva clave de acceso en un post it, y le dijo que cuando quisiera la usara.

–¿Cuándo es el examen?

–Todavía next week –respondió Skinny, palmoteando la portada de su texto.

–Suerte con eso.

–Men, la Cara de trapo preguntó cuándo va a limpiar tu habitación.

–Ya te aviso. Ahora voy a descansar un rato.

Lo primero que hizo el Comanche al entrar a su cuarto fue abrir las ventanas para despejar ese ambiente tibio y oloroso. En su mesita, junto a la libreta de notas, colocó su *id* de inspector, se desabotonó la camisa y encendió el equipito con su compact de Héctor Lavoe.

La correspondencia del Comanche eran cupones de descuento en Pollo Tropical, Burger King, Domino's y la carta del Children and Family con el balance de lo que había pagado hasta la fecha de Child Support. Dejó caer la carta al lado de la cama sin leerla y fue al baño a sentarse y aprovechar para darle una mirada al diario. Para qué iba a estar revisando esas cuentas de mierda si le faltaban casi quince años de mensualidades. Mariolys debió aceptar ir a una clínica a sacarse a la criatura. Ella decía que se había vuelto loco, cómo carajo se le ocurría que ella haría una barbaridad así. Él conocía una en la Flagler, de color azul pálido, muy pálido, y rejas blancas con manchas marrones de óxido, debían ir antes que fuera demasiado tarde. Pero Mariolys, necia, no lo haría de ninguna manera. Discutieron varias semanas y en cada discusión el Comanche se llevaba más vasos de ron adentro. En una de esas salió de la casa con un maletín con sus camisas, pantalones, zapatos, dos botellas casi llenas de Bacardí. Pidió licencia a Romero para ausentarse y se encerró en el Sweet Dreams. No era momento para limón, hielo y vasos. Las botellas de ron se fueron de a pico, sin encender el foco desnudo que colgaba del techo, escuchando los gemidos de las putas en las habitaciones contiguas. Solo salió tres veces para cruzar a la Shell a comprar Martins Potatoe Rolls.

—¿No condones esta vez? El cashier acostumbraba a poner sobre el mostrador una cajita de Trojan Ultra Thin cada vez que lo veía entrar.

—Si no te he pedido, no.

Unos días después se fue al Bikini; la mayoría de sus casos eran en South Beach, quería perderse por esa zona donde no lo conocía nadie, e ir especialmente a ese bar, el Hemingway, que un par de veces había visitado y al que se quedó con ganas de volver.

22.

Los colombianos habían enviado un text; Córdova se hospedaba en el Fuster, de la Collins.

El Consorte se quedaría en la ventanita del Ilusiones, tomando cortado y comiendo un par de croquetas. Cuando el Comanche terminara, saldría y se iría por la esquina contraria y se encontrarían en Los Latinos: era preferible que no los vieran juntos.

La Collins era un desfile de cuerpos bronceados, con toallas coloridas al hombro, que caminaban hacia el mar. Parecía mentira que esas calles tan alegres fueran el telón que cubría escenarios de crímenes casi todas las noches y una pasarela de mujeres que traficaban su cuerpo.

La puerta de la habitación 22 la abrió un sujeto vestido de guayabera blanca con palmeritas verdes y pantalón rosado pastel. Le hizo al Comanche un gesto con la cabeza para que pasara.

Otro sujeto, también con guayabera, pero amarillo pastel, y pantalón blanco, esperaba adentro. El de la guayabera con palmeritas le mostró al Comanche la pistola que le colgaba de la faja del pantalón, y le dijo que se parara de espaldas y contra la pared. Le quitó la Glock, la billetera y el celular. Luego, el de amarillo dijo "hágale, Míster".

Del baño salió Jairo Córdova en bata, pantuflas, botella de Perrier en la mano. Se sentaron en una mesita frente a la cama, cara a cara, con los tipos de guayabera parados uno a cada lado del Comanche.

Córdova lamentaba lo de la peladita. Ella lo contactó alguna vez, pero él solo trabajaba con actrices colombianas, reclutaba talentos allá y las colocaba en productoras de Miami y también en Madrid. Conocía algo de gente en el mercado local, por eso le pasó a Kina dos nombres en South Beach. Uno era el de un manager de actrices que poco después murió de ataque al corazón en una lancha, rumbeando en Columbus Day, seguro el Comanche se acordaba, salió en todos los diarios; el otro, el de un joven que conoció *bisneando*, uno que a veces hacía de puente entre productores y actrices o actores. Ese sí que podía haberle sido útil, porque el tipo era un man súper conectado. Un indiecito que lo veías y no valía nada, pero que sabía moverse.

El Comanche sacó su libreta, pero Córdova puso la mano encima y no dejó que la abriera. Que esperara un momento, dijo, y el de guayabera amarilla tiró una foto de Karina sobre la mesa. Entonces Córdova dijo que su nombre no podía salir de ahí, si por alguna razón salía, si alguien se enteraba de que él le había dado información, la pelada de la foto pagaría las consecuencias. Y que si lo había citado, era porque él también necesitaba que lo ayudaran a encontrar a un hijueputa que había cagado a su hermano, estaba dispuesto a pagar un buen billullo a cambio. El man era un paisa que había chocado con su familia, que se movía por ahí, por esas calles, no sabía su paradero exacto pero ya hablarían bien más adelante, él lo llamaría en su próximo viaje. El Comanche miró a Córdova y dijo que no había problema y le movió la mano y abrió su libreta. Córdova le dio el nombre y la dirección del muchacho que hacía de puente y dijo que eso era todo, tenía otra cita en diez minutos, solo estaría dos días en Miami y andaba full.

El Comanche agradeció su tiempo y la información. Si necesitaba algo más lo contactaría. Córdova estiró la mano, no había problema, y tomó de su Perrier.

El tipo de la guayabera blanca con palmeritas verdes le entregó al Comanche la Glock y lo siguió hasta la puerta.

23.

—¿No te suena por casualidad este nombre? —preguntó el Comanche, haciendo un círculo con el lapicero.

—¿Danger?

—Sí. Hace de nexo entre productores y artistas, así me explicó Córdova.

—¿Algo así como un broker de putas, pero dicho de otra manera?

—Tal cual.

—Bro, yo creo que no. Maybe si lo veo, lo reconozco.

—Vive en Alton, casi llegando a Lincoln.

—Bro, no, nada. ¿Cuándo le caes?

—Más tarde o mañana.

El Chamizo entró a Los Latinos y se sentó a un par de sillas más allá del Comanche, y pidió una lambada.

–¿De jamón y huevo o bacon y huevo? –preguntó el Consorte.

–Jamón y huevo.

El Comanche señaló la mesa de billar, pero el Chamizo no tenía un mango. Debía esperar a que le pagaran su semana en el *laundry* porque estaba pelando bola. Entre la renta y las cosas del Publix, se le fue la quincena. En el *laundry* le pagaban el mínimo, y había jodido para que le subieran, pero el mamahuevo del manager le dijo que agradeciera que le daba trabajo sin *social*. Y de momento tenía que quedarse tranquilito en la taguara esa porque era lo único que había encontrado para trabajar durante el día y poder ir a las clases de inglés por la noche. Pero ganas de largarse para el coño no le faltaban. A él le tocaba estar en la bodega donde se planchaban pantalones y a veces casi no llegaba el aire acondicionado y se mareaba; la gotas de sudor le chorreaban por la cara, la espalda. Era una grandísima mierda.

–Oye, Chamizo, no preferirías comer un

buen cebiche en vez de ese pan de mierda con un pedazo de jamón.

—Verga, se me hizo agua la boca.

—Ya ves, anota —dijo el Comanche señalando al Consorte.

24.

—Polaca.

—Hey, parce, no te esperaba por esta esquina.

La Polaca estaba recostada contra el ventanal de Ink-Tatoo. Un chorro de neón del cartel que titilaba colgado en la entrada, que se le deslizaba por el pecho y se le perdía entre las tetas, le daba una tonalidad violeta a su cara. Vestía con un escote y minifalda roja y tacones negros (el izquierdo fue el que le alcanzó al Comanche en su casa para que echara las cenizas). Y tenía un olor como de tutti frutti, que era una mezcla de su perfume dulzón y el calor de las horas que llevaba ahí.

—Muy buen escote.

—El que no muestra no vende, querido.

—¿Conoces al Danger? —preguntó el Comanche y encendió un Marlboro.

—¿A who?

—Danger. Un tipo que es una especie de broker de actrices porno.

—Primera vez en mi vida que escucho ese nombre —dijo la Polaca y le pidió un Marlborito al Comanche—. ¿Por?

—Olvídalo, no te preocupes.

—¿Parce, no quiere que nos demos una escapadita?

—Estoy cansado y no tengo plata.

—No te preocupes, caballero, yo te dejo como nuevo y por ser "primera consulta" te hago un descuento para que pruebes el material.

—Quizás otro día —dijo el Comanche, le regaló dos Marlboritos, le dijo que seguían en contacto y se perdió entre el neón de los comercios de la Washington, los turistas, los repartidores de flyers, los bocinazos, los olores de las pizzerías *by the slice* y otras mujeres que ofrecían los mismos servicios que la Polaca.

25.

—Mande —dijo Danger con los brazos cruzados.

El Comanche lo recorrió con la mirada. Era un sujeto de contextura bastante pobre y del cuello le colgaba una cadena con una D como de marfil.

—Necesito hablar con usted en privado.

—De qué o qué.

—El Comanche mostró su *id* de inspector.

—Venga.

Lo primero que uno se encontraba en el departamento eran cuatro cubículos empotrados contra la pared, cada uno con una PC, un teléfono, y en el suelo cajas llenas de frascos blancos. Dos de los cubículos estaban ocupados por personas que hablaban en el teléfono.

—Siga por acá.

Luego pasaron a una habitación donde había más cajas con frascos blancos, una mesa con dos sillas, una PC, una cama. Las paredes estaban decoradas con fotos de Hugo Sánchez, Cuauhtémoc Blanco, el Pájaro Hernández y Guillermo Ochoa. En la cama, de espalda a ellos, una mujer con pantalón de buzo turquesa que en las nalgas decía Bootylicious miraba la pantalla de un Sony High Definition de 52 pulgadas donde cantaban los Molotov en Rusia.

—Hey —dijo el Danger.

La mujer volteó.

—Pa' fuera.

La mujer se puso una gorrita del mismo color del pantalón y salió sin decir palabra, con la mirada escondida bajo la visera.

Se sentaron en la mesita, Danger puso *mute* a Molotov y el Comanche sacó la foto de la Kina.

—¿La conoces?

—Sí, claro, la Kina.

—¿De dónde?

—Pues de este infierno que es South Beach. Acá todos nos quemamos juntos.

El Danger se ganaba la vida con su propio telemarketing. Esos frascos que había por todos lados eran los productos naturales que vendía para estimular la potencia sexual; la sala de su casa era el salón de ventas. Se había vinculado con el mundo porno, precisamente, porque los productores y *performers* de la zona lo buscaban para comprar los estimulantes sexuales. Su mercancía era buena, no como la mayoría de chingaderas que vendían por televisión que no funcionaban.

La Kina llegó desesperada: quería que la contactaran con productores. Pero todas andaban así. Ella era solo una de las tantas miles de chavas que andaban por la zona buscando entrarle al porno con algún representante profesional. Se suponía que dos de cada cinco aspiraban a eso.

—¿Y qué le dijiste? ¿Dónde la mandaste?

—Nada, que yo no podía ayudarla con eso. Y no más al rato se fue. Ni supe cómo llegó a mí la muy cabrona, no quiso decir.

—¿Por qué? ¿Por qué no le dijiste nada?

—Ese no es mi business, jefe. Lo mío es este telemarketing. En lo otro yo no meto las manos. Y si las meto no me las ensucio. Puedo ayudar a algún conocido, pero a ella ni la conocía, así que no way.

La muchacha había aparecido muerta, con una puñalada en el cuello. El Comanche tenía que encontrar al hijo de puta responsable. Era probable que ese fin de semana del Memorial Weekend cualquier borracho la hubiera matado, pero igual quería llegar más allá, a lo mejor el asesino estaba relacionado con eso en lo que andaba metida la Kina.

Ese era un mundo de vicios, putas y putos, no convenía entrar mucho en él, dijo Danger, pero vería de qué manera colaborarle. Necesitaba uno o dos días para tirar un par de dardos y volverse a juntar.

—Te lo agradeceré —dijo el Comanche, y se levantó de la silla.

Danger quitó el mute, Molotov cantaba Voto Latino. Son bien chidos, ¿verdad?

—Mejor escucha a Héctor Lavoe.

—Ese también es chingón.

—¿En dos días volvemos a hablar?

–Ándele, jefazo. Déjeme un número donde marcarle...

Antes de salir, el Comanche se detuvo frente a los cubículos. Los muchachos seguían en el teléfono: ofrecían mejores precios, ofertas, promociones. Se hacía buena lana, era buen jale, solo que había que chambearlo duro.

Al despedirse, Danger preguntó cómo había llegado a él, y el Comanche le dijo que estaban en el infierno de South Beach, quemándose juntos.

26.

—¿Cuánto te debo? —preguntó Perez y agarró el azucarero.

—Tres pesos.

Perez dejó tres billetes de un dólar sobre la barra y le dijo al Consorte I don't like you, buddy. I don't like you at all.

—Como le comentaba hace unos minutos, ex inspector, al cuerpo lo encontraron sin huellas. Aún no recibo el informe final de *Forensics*, pero ese caso debe ir cerrándose ya.

—Eso es obvio, dijo el Comanche soltando una carcajada—, no esperaba más.

Las noticias estaban bombardeadas con el tipo de la máscara de Batman; lo único que iba a interesarle a la policía era aclarar esa nota. Él también había estado metido en eso, sabía cómo se manejaban estos asuntos.

–Mire, ex inspector, espero que esta sea la última vez que cuestiona mi trabajo y el de la policía. La próxima vez se lo diré en otros términos.

Al Comanche le incomodaba la presencia de Perez en la barra de Los Latinos hablando estupideces, así que miró su reloj y dijo que debía irse. Perez le dijo que mejor, y que tuviera cuidado, andaba metiéndose a pesar de que le había dicho que no lo hiciera. El Comanche le dijo que él también, una placa de officer no lo mantenía a salvo de nada, todo lo contrario, que no olvidara las palabras sabias de Héctor Lavoe: "la calle es una selva de cemento".

Perez tomó una servilleta y escribió el nombre de la Kina varias veces e hizo garabatos. Al Comanche no le faltaba razón: el único caso que le interesaba era el de Batman, la prensa lo tenía agarrado de las pelotas. El día entero tenía la oficina llena de periodistas, y si no, le reventaban el teléfono o el email.

–¿Algo más, chief? –preguntó el Consorte, que pasó frente a Perez y vio la taza vacía. Perez lo miró y dijo don't pretend to be cool with me.

27.

—Te juro que todo esto de la Kina me parece mentira.

—Qué te puedo decir. Era una caja de Pandora tu querida amiga.

—Así parece. ¿Comiste algo?

—Ni mierda. Cocinate algo.

—¿Qué tienes?

—Unas pechugas.

—¿Hay mandarinas?

—Un par.

—Necesitaré las cáscaras. Vamos a seguir armando el menú de nuestro restaurante.

—Bárbaro.

El Comanche aplastó el cigarro en el cenicero.

Se acercaba el cumpleaños de la Kina. Karina y la Kina tenían el pacto de recibirlo juntas, en la barra del Hemingway. Se encontraban en el bar alrededor de las diez, luego seguían a otro lado y terminaban en el Al Capone, que cerraba a las seis de la mañana. En su celular Karina guardaba las fotos del último cumpleaños: salían con cara de locas, chuparon demasiado. El Comanche las pasó una por una. Le gustó la faldita que llevaba puesta Karina. Cuando terminara con ese caso saldrían a amanecerse, aunque él no fuera a tomar. Ella debía usar la misma falda, y debajo no ponerse nada.

—Y será sin bombacha —prometió Karina.

El Comanche se quedó dando una mirada más a las fotos. Se detenía en una, luego en otra, después regresaba, y se mandó las cuatro que más le gustaron a su e-mail.

—¿No ibas a preparar algo de comer?

—Después de comerte a ti —respondió el Comanche, que, entre esas fotos y el no poder quitarse de la cabeza a la Polaca, caminando hacia su cocina para las botellas de agua, y con su escote en la Washington, tenía una erección.

28.

Sin levantar la mirada del libro, Skinny le dijo al Comanche que no tenía correspondencia.

–Gracias, flaco –respondió, y siguió a su habitación mirando las fotos de la fiesta de la Kina en su celular. Además de la faldita de Karina, nada interesante. Salían ellas dos en las cuatro, Chamizo en un par, Campero de fondo secando vasos con su toallita blanca. Tenía buenas tetas la Kina, muy buenas, pero su jevita Karina estaba mejor.

Recibió una llamada de Mariolys. Valentina estaba en el Miami Children Hospital, se le había congestionado el pecho, ni nebulizándola dejaba de ahogarse. El doctor había realizado análisis, tenía alergia e infección en los pulmones. Iba a necesitar dinero para comprar medicinas, le habían dado una lista larga y no tenía suficiente para comprarlas sola.

–¿Cuánto necesitas?

Eran ciento ochenta, por lo menos la mitad.

–¿Luz no te puede ayudar? Al Comanche le quedaban cuarenta dólares de la apuesta con el Chamizo y como veía las cosas, ese era todo su capital.

–No.

–¿Iñaki tampoco? A fin de mes te lo doy con la otra plata.

Mariolys no siguió hablando, tiró el teléfono.

Se sentó al borde de la cama, mirando la ropa sucia alrededor, en el suelo. Cada vez era más. Todas las semanas se proponía lavar, pero no lo hacía, terminaba por usarla otra vez. Y ese olor, ese puto olor a mierda que era una mezcla de culo y sobaco sucios, que no sabía si era por la ropa amontonada o porque desde hacía más de un mes no había hecho limpiar la habitación.

Quería darse un baño y bajar a googlear a Danger, a ver qué más averiguaba de él, y también a Córdova, pero Karina lo había dejado cansado, no creía que fuera a bajar. Esa chica era una fiera en la cama, podía pasar un día entero metiéndose un polvo tras otro, solo parando para tomar agua de rato en rato, lo tenía obsesionado.

Antes de entrar en la ducha, encendió el equipito de música y le escribió un mensaje a Campero: te espero mañana en Los Latinos.

29.

Al día siguiente despertaste, y el cuchillo con el que cortabas los limones estaba pintado con sangre seca junto a ti, en la cama. ¿Qué mierda había pasado? Junto a la PC, la botella de Don Q estaba casi vacía y algunos limones exprimidos y agrios. Poco a poco fueron sucediendo algunos flashbacks de la noche anterior. Bebiste. Bebiste mucho ron. Y la Kina. La Kina apareciendo por el alleyway de atrás de su casa.

Las sienes te latían por el dolor de cabeza. No podías ni levantarte de la cama, pero fuiste al baño; querías enjuagarte e ir hacia la casa de Kina, a buscarla. En el espejo te espantaste al ver tu cara salpicada con manchones iguales a los del cuchillo y tu camiseta.

Te lavaste con jabón.

Te cambiaste.

Te fuiste a la casa de la Kina.

¿Recuerdas que la Kina te pedía que te fueras a tu casa porque estabas borracho? ¿Recuerdas? Te suplicaba para que la dejaras tranquila y tú le hundías el cuchillo en el cuello. ¿Pero sabes qué era lo peor? Lo peor era el placer que sentías cuando el cuchillo atravesaba la carne como un trozo de pescado crudo. Te desbordaba la adrenalina, jamás habías sentido algo igual.

Al llegar a la casa de la Kina, te asomaste al callejón y viste un cerco de cinta amarilla con letras negras que decía *Do not Pass - Crime Scene.*

30.

—¿En cuánto te hace efecto? —preguntó la mujer del buzo turquesa.

Danger había tomado una de las pastillas de los frascos: el material se probaba antes de ponerlo a la venta.

—Quince. Veinte minutos —dijo Danger, que caminaba alrededor de la cama en calzoncillo.

—Remember que te cobro por tiempo.

Encendieron un cigarro de marihuana.

—Pues no deberías. Cada semana estás por acá y nos echamos polvos de a hora y media. Hazme un precio especial.

—Let me think. Maybe te hago un special rate.

—Hey, huele bien eso.

–Es skunk.

–Dame un hit.

Danger preguntó si sabía algo de la muchacha que habían matado en el alley. El vato que fue a visitarlo la otra tarde era inspector, estaba investigando el caso y no le gustaba que esa gente de mierda estuviera rondándolo. Quería colaborar con él para limpiar su nombre, que bien rayado lo tenía. La mujer del buzo turquesa dijo que había visto al inspector en la esquina de Washintgon y Española, con la Polaca, una de las amigas de la Kina; lo reconoció cuando lo vio ahí mismo la tarde anterior. Estuvo un rato nada más y se fue. Pero ella algo había estado averiguando sobre la Kina y le habían comentado que andaba detrás de los Gang Guys. She was like crazy por grabar con ellos. El driver de la van, Joe, se lo contó en el Al Capone. They had a couple of beers, hablaron de eso y le regaló el *joint* que estaban fumando. Tanto la Polaca como la Kina eran de las putas del Hemingway, pero se habían quedado sin barra porque la policía las jodía mucho y por eso andaban en las esquinas o con algunos clientes VIP. La Kina no era tanto de esquinas; al menos ella nunca la había visto, pero la otra sí, casi todas las noches.

—Entonces la golfa esa debió estar conectada con el cabrón del Pacuso.

—Of course, ¿con quién más si no?

—¿Has oído algo del maldito ese últimamente?

—Lo mismo de siempre, nothing new. Metido en su casa todo el día, messing around with kids.

—Ahora sí que me las va a pagar ese chingado.

—Baby, apúrate y méteme ese rabo que no tengo todo el día para ti.

—Hey, hey, calma que ya la tengo como una palanca.

—¿Do you want me que empiece en doggy?

—Órale.

Danger se quitó la cadena con la D del cuello, la dejó sobre el respaldar de una de las sillas de la computadora y se puso un condón. Ella lo esperaba sobre la cama, en doggy, sin el buzo turquesa y sin tanga.

—Tatuaje nuevo –comentó Danger cuando vio unas letras chinas en la nalga derecha.

–Es mi nombre en chino.

–¿Ahí dice Rubí?

–Yeap.

–Híjole.

–Come in papi que ya quiero tu tranca.

31.

A esa hora Los Latinos apenas tenía un par de mesas ocupadas, nadie jugaba billar y en los parlantes sonaba una canción de Daddy Yankee. El Consorte puso un cortado frente al Comanche, una lata de Materva frente a Campero y se fue hacia la barra a leer la *Revólver* que le había prestado el Comanche.

—Necesito que me cuentes todo, Camperito, absolutamente todo lo que sepas de la Kina.

Campero sabía lo mismo que sabían los demás: se sentaba en el Hemingway a buscar compañía y era la mejor amiga de Karina. A veces cruzaba palabras con ella, pero mínimo, por lo general cuando Karina estaba ocupada por otro lado.

—¿Dónde estuviste la noche en que la mataron?

Libre. Estuvo libre. No trabajó, se quedó

en su casa sin hacer mucho, en la computadora, escribiendo algunos e-mails, tomando un par de cervezas.

—¿Cómo te enteraste de lo que sucedió con la Kina?

Karina se lo contó en el Hemingway al día siguiente, ni bien abrieron el *shift*. Aunque para entonces ya todos en el bar sabían lo que había sucedido. Esas noticias corrían rápido entre la gente de la zona.

—¿No conoces o no tienes idea de alguien más que pudo haber estado vinculado con la Kina?

Campero solo tenía relación con la Kina en el bar, no sabía nada más de ella. Lo que conocía sobre esa muchacha era por los pocos minutos que cruzaban palabras en la barra; mientras él secaba o acomodaba los vasos, se distraía con ella intercambiando una que otra cosa que, por lo general, entre la prisa por hacer su trabajo y la música de fondo, solían ser banalidades.

El Comanche le dio las gracias, eso era todo.

Campero dijo que de nada y que cualquier cosa estaba a la orden. Después dio un último trago a su lata de Materva, le hizo adiós al Consorte y se retiró del local.

El Comanche le pidió al Consorte más café y abrió su libreta de notas.

–Cómo te fue –preguntó el Consorte, dejando de lado la *Revólver* con una servilleta en la página que leía.

–Nada. La misma mierda.

El Consorte tenía que pasar al día siguiente en la noche por donde los colombianos: le habían pedido el triple de merca que lo habitual. Había un fiestón y aprovecharía para ver si sacaba más novedades. Y el Comanche, por su lado, iría al día siguiente por la mañana donde Danger. Lo había llamado, le tenía algo.

–¿Esta que me has prestado es la última *Revólver*? –preguntó el Consorte.

–No. Es la anterior.

–Hoy sale entonces la nueva, debe estar buena con todo lo del Memorial.

–Saliendo de acá la compro.

32.

A Danger le habían confirmado que la chica estaba en tratos con los Gang Guys, los vatos que rolaban por todo *Sobe* en una troca filmando videos. El manager que reclutaba actrices para ellos se llamaba Pacuso. Vivía en la West, en el edificio frente al Starbucks, en un departamento en último piso, en la segunda torre. Pacuso tenía la exclusividad: todas las chicas tenían que llegar por intermedio de él, así que la Kina tenía que haberlo buscado. Y tenía que haberle caído muy en gracia, porque la muchacha estaba en una edad difícil para conseguir contrato: era intermedia, no era ni jovencita, de esas que más se contrataban, ni tampoco una de esas viejas milf retebuenotas con harta experiencia que cobraban fortunas. Se sabía que Pacuso era un cocainómano y enfermo sexual al que le gustaban los jovencitos bastante menores que él, que andaba el día entero encerrado en su casa, con un saco blanco, en calzoncillos y tomando whisky. Y en más de un problema con la ley había estado involucrado.

En su momento, el Danger había recomendado a varias muchachas conocidas para que trabajaran con Pacuso, hasta que lo tumbó en un business. Los Gang Guys querían entrarle con fuerza a las actrices latinas, así que Pacuso le hizo la propuesta a Danger de que fuera a Colombia a negociar con una gente. Danger necesitaba lana para invertirle al telemarketing, así que viajó a Medellín por dos días. Lo esperaban los dueños de la Taberna Romántica, en el parque Lleras. La Taberna era un club privado de shows de bailes eróticos en vivo, aunque eso era solo una pantalla, porque las chicas que participaban en los shows estaban *for sale*.

El lugar era una agencia, los dueños las negociaban. Para comenzar, Danger fichó a cuatro, aunque si por él hubiera sido fichaba a todas: eran un espectáculo las mujeres en ese puterío, todas sin excepción. Los primeros videos se grabarían allá y, si tenían éxito, se traerían a las chicas. Cuando Danger se juntó con Pacuso y le explicó la jugada, este quedó en llamarlo unos días después para cerrar detalles y darle su comisión, pero eso nunca sucedió, y le correspondían como siete mil dólares. Danger lo buscó un par de veces y Pacuso no dio la cara, hasta que prefirió dejar las cosas así porque empezó a recibir amenazas anónimas en el buzón de correspondencia y por teléfono.

—Venga, jefazo, acerque su silla por acá —dijo Danger para que el Comanche se sentara junto a él, frente a la PC—. Le voy a mostrar algo.

En la barra de *search* de Google escribió *Gang Guys* y salió un aviso informando que estaban a punto de ingresar a una página web de contenido para adultos, que hiciera click en aceptar siempre y cuando tuviera dieciocho años o más.

Para acceder al contenido debía pagarse una suscripción, que Danger pagaba. En el *home page* aparecía una mujer en ropa interior, recostada contra una camioneta van, que en la puerta tenía escrito *Welcome to the world of the Gang Guys.* Y también un anuncio en letras amarillas que parpadeaban que decía *Cumming Soon.* El Danger escribió su user id y password, hizo click en esas letras amarillas y sucedieron imágenes de varias mujeres, todas en ropa interior. Vea lo que le digo, jefe, casi todas son chavitas, de dieciocho recién cumplidos. Apuntó con el cursor en una que salía sentada en una silla de madera, con la piernas abiertas, mordiéndose los labios, la mirada fija, clavada en el lente que la había fotografiado, los tacones rojo sangre y ropa interior color de uniforme militar. El nombre era Varsovia, no Kina. El Comanche la detalló unos segundos. Lucía tan diferente de como se veía en persona, hasta ojos azules tenía, pero era ella. Sin duda, Varsovia era la Kina.

—Cómo le parece, jefe. Era de los nuevos fichajes, recién contratadita.

—¿Y tienes una idea de cuánto podría haber ganado Varsovia por cada uno de estos videos? —preguntó el Comanche, sin mover la mirada de la pantalla.

—Pues calcule un cheque de a mil quinientos a dos mil por cada videíto. Y eso por ser amateur.

—Es buen billete.

—Y eso no es nada, jefazo.

Entonces el Danger explicó que en ese momento el billete estaba en internet, en el porno online. Así como la internet había cambiado la industria de la música, también lo hizo con el porno. Pero el porno online también estaba muy puteado, porque cualquiera ponía su camarita, se filmaba culeando y se convertía en performer. Por eso el hit era firmar con una productora seria y pro, como lo que estaba buscando la Kina con los Gang Guys. Si enganchaba bien con el público, una performer, grabando solo dos o tres anal scenes al mes, podía ganar unos cuarenta mil al año.

—¿Tanto?

—Y a eso súmele unas cuatro o cinco escenas por la pussy.

33.

—¿Varsovia?

—Sí, Varsovia.

La Polaca no tenía idea de por qué la Kina eligió ese nombre y tampoco estaba al tanto de que ya había logrado hasta firmar contrato. Lo habían conversado, la Kina le había dicho que le interesaba grabar unos videos y probar suerte por ese lado, pero nada más. A la Polaca no le había llamado jamás la atención ese entorno. Ella decía que había dos tipos de putas: unas eran las que solo se interesaban por eso como un business, *the more you fuck, the more money you make*. Y siempre había que buscar oportunidades para hacer más plata. Ese era el caso de la Kina. Generalmente terminaban buscando llegar al mainstream. En cambio había otras, como ella, a las que les gustaba culear sin pensar que su cuerpo era una máquina de fabricar dólares. Ella culeaba porque le gustaba, le encantaba, no había vez que no acabara ella también con un cliente; la

Kina, en cambio, jamás llegó a un orgasmo cuando trabajaba. Si la Polaca no hiciera ese trabajo, no sabría cuál hacer. Su vocación real era ser puta, aunque no solo la de ella: todas las mujeres en algún momento de su vida quieren ser putas, solo que ella sí tuvo la convicción. Por eso tampoco había tenido un *pimp* en todo el tiempo que llevaba en ello. Lo hacía por placer y hasta el punto suficiente en que le diera dinero para vivir y cubrir sus bills de fin de mes. Lo máximo que había hecho era grabar sus videítos caseros para subirlos a las web porno free a ver si conseguía más customers, y le habían funcionado, sobre todo uno en que se desnudaba para meterse a la ducha, pero antes de hacerlo se masturbaba sentada en la poceta.

—¿Y te suena el nombre de un tal Pacuso?

—¿Que si what? Quién no lo conoce a ese man.

—Entonces qué sabes de él.

—No mucho. Creo que nada. Solo que todas las que quieren llegar al *mainstream* andan tras él.

—¿Tienes una botella de agua que me invites?

La Polaca se levantó de la silla para ir a la cocina, y si bien no tenía el mismo shortcito de la vez anterior, el Comanche no pudo dejar de mirarle las nalgas, y cuando se agachó frente a la nevera, sintió que se le empezaba a poner un poco dura.

una vez, aunque no había logrado probarle nada. Se suponía que era un promotor de artistas y modelos, pero estaba metido hasta el cuello en pornografía de menores e involucrado en tráfico de drogas. El escándalo más grande en el que apareció fue en el caso de una muchacha de dieciséis años que había colocado en un *strip club* de la Washington Avenue, aunque salió limpio: sus abogados pudieron salvarlo. La chica luego desapareció por arte de magia, jamás se volvió a saber de ella. Era una jovencita latina que se había escapado de la casa de sus padres en Hallandale y vivía con su novio en Miami Beach. Ni los padres ni el novio conocían el paradero de la joven; el caso seguía abierto y se pensaba que había abandonado el país por la frontera entre México y California. Perez no tenía duda de que Pacuso se había encargado de sacarla de Estados Unidos para que no pudiera declarar nada en su contra.

El caso de la Kina no le interesaba a nadie: una puta más de las tantas que mataban una noche sí y otra no, indocumentada, sin familia, y el cuerpo no tenía huellas que pudieran incriminar a nadie. No le dedicaría un minuto más, ya estaba decidido, pero no lo cerraría, porque cualquier cosa que apareciera podría darle alguna evidencia para investigar a Pacuso y, si podía, al hijo de puta del

Consorte también, que era el delivery number one de South Beach.

Cerró el file y lo grabó en el fólder Archive.

35.

Karina le dio un billete de cien al Comanche: era un préstamo para los medicamentos de Valentina. Arreglarían más adelante. Él asintió con un gesto de cabeza, lo dobló y lo metió en el bolsillo de su pantalón.

—¿Alguien se habrá comunicado con los familiares de la Kina? —preguntó el Comanche, y encendió un Marlboro para acompañar el café.

—Ni puta idea.

Karina no tenía ningún contacto con la familia de la Kina, nunca lo tuvo. Aunque más que con la familia era con la mamá: la Kina no veía a su papá, jamás se hizo cargo de ella. Eso era algo por lo que puteaba cada vez que estaba borracha. Por eso a Karina le daba tristeza que el Comanche se desvinculara de Valentina, la estaba cagando. Ella entendía que no quisiera vivir en familia: las familias eran un quilombo, sobre todo en Estados Unidos, donde cada quien podía ganar suficiente guita para vivir solo y no depender de nadie, pero su nena no tenía por qué salir jodida. Karina tampoco tuvo viejo: se le murió cuando ella era recién nacida y siempre sintió que le faltó uno. Nada más cierto que aquella frase cursilona que dice que el apoyo del primer hombre era clave para las mujeres.

El Comanche sabía que los proyectos familiares no eran lo suyo, toda la vida lo tuvo claro, aunque no lo podía negar: a veces el remordimiento lo volvía mierda. Pensó que con el tiempo lo asimilaría, sin embargo iban más de dos años y no era así. Él sí tuvo a sus viejos juntos, pero prefirió no tenerlos. Mucha violencia: su mamá le pegaba al papá o viceversa. Por eso, cuando aún era un crío, ni bien pudo se largó de la casa. Estuvo un tiempo donde su abuela, luego donde una de sus tías, pero tanto la abuela como la tía estaban viejitas y fue muy difícil vivir con ellas. Entonces terminó en el Palacio, en la bodega. No le cobraban por dormir ahí, pero debía barrer el piso cada noche cuando cerraban, a la una de la mañana, y dejar los tacos y las bolas organizadas de las veinte mesas para el día siguiente.

En el cuartito de la bodega se guardaban las escobas, los trapos, los baldes, y se amontonaban los tacos que debían repararse. Tenía espacio para acostarse en el suelo. Al comienzo lo hacía sobre su ropa, porque la baldosa era muy fría. Después uno de los del billar, Judas, le regaló un colchón que ya no iba a usar porque se estaba yendo a vivir a Estados Unidos, a Los Ángeles. Al lado del colchón colocó una sillita roja de madera que usaba como mesa de noche, donde acomodó un tocacassette Sanyo que encontró entre los tacos por reparar y los baldes y en el que sintonizaba todas las mañanas el programa "Salsea tu día". No se lo perdía por nada. Ahí conoció a Héctor Lavoe, Willie Colón, Rubén Blades. A veces no dormía, porque se quedaba jugando en las mesas, practicando golpes con distintos efectos a la bola blanca contra las bandas laterales y las del fondo. Sufrió para aprender el Massé,el famoso Massé, que era el menos efectivo de todos los golpes con efecto, pero que solo los capos de capos dominaban. Durante el día apostaba billete en mesas, y cada vez eran menos los que podían ganarle. Cuando jugaba, en su cabeza cantaba las canciones de Héctor Lavoe, y esa música, esas letras, lo hacían sentir que nadie podría contra él, no solo en el billar, sino en nada. Más de un año vivió así, quizá dos, y ya se rumoreaba que sería el próximo administrador del Palacio, pero el billar lo vendieron a una constructora para que hiciera oficinas y ahí decidió irse a Estados Unidos.

Pensó en contactar a Judas para que le diera una mano, aunque no tuvo suerte: el tipo era inubicable.

Desde que se habían conocido en la barra del Hemingway, no habían hablado de sus familias ni de sus infancias, era la primera vez que tocaban ese tema. A él no le gustaba ni siquiera decir de qué país era. Solo se comentaba por ahí que en alguna borrachera se le fue la lengua y contó de los días que estuvo en Río Grande, cruzando para llegar a Estados Unidos. En las noches se cagaba de frío, lloraba, y un hombre mayor le dio su chaqueta para que se abrigue. Al hombre no lo volvió a ver más en todo el trayecto.

El Comanche apareció por el Hemingway muy borracho cuando se conoció con Karina. Acababa de rentar la habitación en el Bikini, y luego de organizar sus cosas entre el clóset, la cómoda y la mesa de noche, encendió el equipito de música que había conectado, puso a sonar su disco de Héctor Lavoe en la canción "El cantante", a la que le gustaba, cuando estaba borracho, cambiarle la letra por *El Comanche*, y tomó una botella entera de Bacardí. No tenía limón, solo lo mezcló con Coca-Cola casi sin gas que compró en el Mc Donalds. Después del último vaso, salió a ver dónde podía conseguir algo de merca para seguir tomando en algún hueco de la zona y llegó al bar aún sin la merca. Pidió un Bacardí, perdió el equilibrio y cayó hacia un lado. Karina y Campero salieron desde atrás de la barra para ayudarlo, pero él podía levantarse solo, que no lo jodieran, mierda, y sacó la verga y meó la silla de una de las parejas también acodadas en la barra. Quietos, mierda, quietos, gritó antes de meterse en más problemas, y mostró la pistola que escondía en el pantalón, por debajo de la camisa. Se repuso como pudo y caminó hacia la salida, aún con la verga afuera.

—Yo soy el Comanche —gritó—, el Comanche de los comanches. Siempre con hembras y en fiestas. Y ustedes, todos ustedes, son unos hijos de las mil putas.

36.

En el Palacio jodían al Comanche con que su viejo era un cacorro: lo habían visto entrar no pocas veces en el "Luna de miel" con un flaco alto, de bigotitos. Par de maricas, vestidos de traje y corbata. Él mandaba a la mierda a quien se metiera con él así. Incluso, siendo el menor de los que dedicaban sus tardes a las mesas de billar, dejó más de un ojo morado. Esa era la única manera de hacerse respetar: ni bien alguien le decía que a su papá se le escapaba el aire, o simplemente se lo insinuaban, él se encaramaba encima del hijo de su puta madre a meter puño, mordiscazos, rodillazos o lo que fuera. Hasta el taco llegó a usar para reventarle la espalda a uno de esos imbéciles.

A veces pensaba que lo fastidiaban por ser el menor del Palacio, y eso era normal, porque a los menores siempre se les molesta. Pero así y todo la pregunta le quedaba dando vueltas en la cabeza: ¿por qué lo fastidiaban tanto?

Una tarde, yendo en bicicleta a la panadería, se desvió en dirección al "Luna de miel" y encontró a su papá caminando solo, vestido con su traje color ratón. Usaba ese color o azul marinero, nada más. No había tenido un buen día de trabajo, dijo su papá, por eso le pidió al taxi que lo dejara ahí para caminar un rato. Regresaron juntos a la casa. El Comanche ya no fue a la panadería. Hablaron poco, pero ellos solían hablar poco: se sentían más cómodos en silencio que hablando. Era su forma de comunicarse, de hacerle saber al otro que estaban bien. Si algo estaba mal, para eso podían hablar. Cuando llegaron y su mamá vio que no traía el pan, que era para el lonche de su papá que llegaba cansado del trabajo, lo mandó con un jalón de orejas de regreso a la panadería.

Este muchachito está cada día más rebelde, una más y lo metemos al colegio militar.

37.

El conserje del "Luna de miel", Maguiña, accedió a mostrarle las cámaras de entrada y salida del último mes a cambio de una caja de doce cervezas de un litro y un pollo asado con papas fritas. Eso sí, antes de ver las grabaciones, se aseguró de que el pollo estuviera bien surtido de sobrecitos de mostaza y ketchup. Los lunes, miércoles y viernes, su papá entraba una hora en el motel con un hombre. El Comanche le pidió a Maguiña que retrocediera la grabación un par de veces. Aunque el video era de mala calidad, reconoció perfectamente al compañero de su papá. Se trataba del Fideo Sotomayor. Llevaban años en la misma empresa. Incluso conocía a la esposa del Fideo Sotomayor y a su hija, que era una chica muy fea: parecía un avestruz con bigotes.

Algunas veces su papá y el Fideo Sotomayor reservaban la suite con jacuzzi y mandaban a pedir un baño de espumas a la recepción, un gusto que se permitían en las quincenas, porque tenía un costo adicional. Maguiña les llevaba el pomo de espuma con aloe, tocaba la puerta, y desde adentro le gritaban que lo dejara ahí no más, en la puertita, que ya lo recogían, que gracias. Transcurrida la hora, salían del motel por separado: primero uno y minutos después el otro.

El viernes siguiente, Maguiña dejó entrar al Comanche en la habitación donde su papá acababa de estar con el Fideo Sotomayor. El Comanche no tenía plata para otro pollo y doce cervezas, pero pudo comprarle seis y un choripan.

–Se han estado revolcando como una hora –dijo Maguiña mientras giraba la llave para abrir la puerta, y le dio pase al Comanche. Él se quedaría afuera.

Dejaron las sábanas revueltas, una de las almohadas en el suelo, y en la televisión transmitían un programa concurso de preguntas y respuestas. El Comanche se sentó en la cama y levantó la almohada del piso. Olía igual que cuando se acostaba en la cama de su papá a ver tele: una mezcla de Old Spice con sudor. Olió también la otra almohada y tenía un aroma a perfume de hombre, pero no supo identificarlo. Algunos vellos negros y ensortijados se dispersaban por el colchón.

–¿Oye, ya?

Maguiña golpeó la puerta del otro lado a los cinco minutos. Tenía que limpiar y ordenar antes de que llegaran más clientes.

–Voy –respondió el Comanche, mirando la pantalla del televisor. En el programa concurso "Todas las familias felices", una familia se abrazaba porque el padre había ganado un paquete de vacaciones para los cuatro a Santo Domingo.

El Comanche no habló de eso con su mamá. Si ella se separaba de su papá, no sabría estar sola. Tenían una vida entera juntos, peleando y golpeándose, pero juntos. Prefirió ser él quien se fuera: sentía que esa era la mejor manera de proteger a su mamá de la soledad. Él, tarde o temprano, iba a hacer su vida lejos de la casa.

38.

—¿Qué se le ofrece?

—Hablar con usted.

El Comanche mostró su *id.*

—Ok —dijo Pacuso, y se quedó parado en la puerta. Vestía como Danger lo había descrito y tenía la frente perlada de gotitas de sudor.

—¿Podemos pasar? —respondió el Comanche, y dio un paso adelante—. Serán nada más unos minutos.

—Siga.

En el departamento de Pacuso solo había un televisor, un sofá de cuero negro y una mesa de cristal. Las paredes estaban desnudas y el suelo tenía el mismo color que el sofá. El Comanche puso sobre la mesa la foto de la Kina: la habían encontrado muerta, con el cuello abierto de lado a lado, en uno de los alleyways de Meridian Avenue. Pacuso se cubrió la cara con las manos. No podía creerlo, acababan de cerrar un buen contrato. La última vez que vio a la Kina face to face fue tres o cuatro semanas atrás, ahí mismo, en su departamento, con la fotógrafa para hacerle su book. Tuvieron sesión de fotos un par de horas. Posó en ropa interior y sin ropa. Estaba muy bien la muchachita: carita cute, *round ass*, *hand size tits*. Con ese material grabaron unos *sample videos* para mandar a sus clientes los Gang Guys. En menos de dos días los Gang respondieron que estaban interesados en ella.

—Esos son muy conocidos acá, parece.

—Mis clientes suelen ser los mejores —dijo Pacuso, y le alcanzó su iPhone, donde tenía un slideshow de algunas imágenes de ese día—. Yo no trabajo con gente *chipy*.

—¿Cómo puedo llegar a los Gang? —preguntó el Comanche, y estiró la mano para recibir el celular—. Déjeme ver eso.

Tenían oficinas en Lincoln Rd., en el edificio de Bank of America. Pero eso no le serviría de mucho: ella jamás se había visto con ellos, todo el trato lo manejaba Pacuso, y encima bajo el nombre de Varsovia. Ni siquiera se habían visto las caras para firmar el contrato. Él se lo había mandado por e-mail y ella lo devolvió por correo.

—¿Quién contactó a la muchacha contigo?

—Por e-mail. Eso también fue por e-mail. Él solo recibió un email de presentación de la muchacha, con unas fotos que estaban interesantes y le pareció que valía la pena.

—¿Qué estabas haciendo la noche que la mataron?

—Acá. Salgo rara vez. Odio la calle.

—¿No sabías que la habían matado?

—No. Y me parece terrible.

El Comanche cerró su libreta de notas; no tenía más que decir, le agradeció su tiempo y la información. Si necesitaba algo adicional lo contactaría. Pacuso estiró la mano, no había problema, él era una persona honorable y estaba dispuesto a colaborar en lo que fuera necesario para ayudar a la justicia.

Desde la ventana, Pacuso vio alejarse al Comanche, llenó su vaso con más whisky y volvió a su cuarto, donde lo esperaba su chiquitín de culito de durazno.

—Era el matón ese que se cree policía y anda averiguando sobre la muerte de tu amiga Varsovia —dijo Pacuso. Se quitó el saco y lo colgó en una silla.

El chiquitín culito de durazno no respondió: solo se acomodó en la posición del perrito y continuaron con lo que estaban haciendo.

39.

Valentina seguía en el Miami Children Hospital; la infección en los pulmones aún no estaba controlada, permanecería más días allí. Se recuperaba. Al menos ya comía, al comienzo solo recibía suero. Alrededor de su cama había un desfile de uniformes verde esmeralda que traían y llevaban frascos con jarabes e inyecciones. La niña cerraba los puñitos cuando llegaba el momento de que la pinchasen para sacarle la sangre; no lloraba, no gritaba, solo cerraba los puñitos y se ponía coloradita.

Mariolys no podía quedarse el día entero con su hija, tenía que hacer horas en el Dolarazo y prepararse para el examen en Odeón. Si bien en la clínica podía darle una repasada al catálogo, era difícil concentrarse, porque debía prestarle atención a Valentina. Por suerte estaba Luz, para apoyarla con el relevo. Así que entonces, al terminar su shift en el Dolarazo, aprovechaba para sentarse en la rotonda de comida del mall y revisar lo que había estudiado en las horas desocupadas que tenía en la tienda. *Pero qué chulería esas pijamitas de bebé, y los teteritos, y los perfumitos.* En el Chicken Cajun la conocían y no le hacían problemas por ocupar una de sus mesas sin consumir; además, Yaidelin, la muchachita que se paraba frente al restaurante con una fuente llena de trocitos de pollo en salsa *barbecue*, atravesados por un mondadientes para invitar a los customers a ver si se animaban a entrar a comer, le juntaba varios trocitos en un vaso y se los daba para que no tuviera la barriga vacía cuando se quedara hasta tarde. Eran muchos los productos de Odeón, y Mariolys lo último que había estudiado fue veinte años atrás en el Palmetto Senior High School; después no siguió estudiando en el *college* ni en la universidad. Por eso no podía retener tanta información, la memoria no era la misma.

Cuando las compañeritas del High School comentaban sus planes de estudio en la Florida International University o en otros estados, ella no decía nada: acababa de llegar de Camaguey con su papá y su mamá. El apuro era que la niña terminara la escuela y se metiera a trabajar para mantener los gastos de la casa y salir adelante en la gran ciudad. El dinerito que sacaban entre su papá, que era *security* de una mueblería, y su mamá como acomodadora de *groceries* en el supermercado Varadero, no era suficiente para empezar una nueva vida. Eso lo habían acordado en Cuba, cuando se sentaban en la sala para hacer los planes de partida y chismoseaban un catálogo de temporada de Sears que había conseguido su mamá por allí. Ver ese catálogo les daba más y más ganas de irse de esa isla del coño. En esas páginas había cosas que ni sabían que existían, que en Cuba eran totalmente desconocidas, como esa que parecía una caja traída del planeta Marte, que se usaba en la cocina y uno metía la comida dos o tres minutos para calentarla.

Ni bien Mariolys se graduó del High School, consiguió un trabajo como *cashier* en la florería *Las Lilas*, de lunes a viernes, y otro para los fines de semana empacando bolsas en Winn Dixie. Le gustaba su trabajo en *Las Lilas*; le daban mucha alegría las flores coloridas, la animaban, y las orquídeas, *ay chica, tan lindas que eran, cosa tan bella. Las Lilas* quedaba cerca de su casa, en el corazón de la Pequeña Habana, mirando al "Parque del Dominó", a cinco minutos en bicicleta, pero ella salía un poco más temprano para hacerse una parada en la ventanita que quedaba como a media cuadra de la florería, y comprarse un cortadito y croquetas de jamón y desayunarlas en el trabajo. Ganaba su platica y estaba contenta; los martes era su día off, y coincidía con el de su mamá. Y qué clase de banquete que se metían en La Carreta esos martes sentadas en la barra, con el especial del día de la carne con papa que era una delicia. Luego se iban al Sears de la Coral Way.

40.

Decían las malas lenguas en el Delic que pasar las primeras fiestas lejos de casa era la prueba de fuego. Y ahí estaban ellas, dispuestas a quemarse, no tenían otra opción más que tomar todas las botellas de Heineken que compraron y comer Tostitos de limón y salsa. Decían también las malas lenguas en el Delic que Miami en diciembre recibía turistas del mundo entero y sus habitantes se iban a sus países de origen a pasar fiestas. Los que se quedaban no tenían papeles en regla para salir y entrar del país y tampoco con quién pasarla. Eran ilegales. Indocumentados.

Se sentaron en las escaleritas de la puerta de la casa de Karina. Las aceras estaban tristemente roseadas por el chorro ámbar que caía de los postes. Acaso uno que otro vecino en pijama paseaba a su perrito. No había, como estaban acostumbradas a ver en Mardel, niños jugando con chispitas de bengala y en el aire no flotaba el olor a pólvora y papel quemado que dejan los fuegos artificiales hasta pasada la Nochebuena.

Your call can not be completed as dialed, la máquina de mierda, hija de mil putas, hablaba igualito a la azafata del avión. Varias veces intentaron comunicarse por teléfono con Mardel. Karina marcaba a la casa de su abuela, le había mandado un equipo con compact disc de regalo, quería hablar con ella, con Federico, con sus primos Marcelo y Juancho que vivían ahí. La Kina llamó a la casa de su tía, donde también su familia estaba reunida, pero igual, imposible. Lo que más echaba de menos Karina era reunirse con sus primos. Navidad era la única fecha del año en que se juntaban desde el mayor hasta el menor. Siempre trataron de mantener esa costumbre. En cambio la Kina no tenía muchos primos, pero le daba tristeza no pasarla con su vieja. Era hija única, cada año regresaban a la casa, y antes de acostarse hacían un brindis con una copita de espumante o vino blanco. *Salud, negrita.*

Poco antes de las doce de la noche habían tomado seis cervezas cada una y en la nevera quedaba un *twelve* más. Pusieron a sonar el Honestidad Brutal, de Calamaro. A Karina le encantaba Calamaro; decía que podía morir por ese hombre, esas letras, esas canciones, era un genio, le provocaba comérselo. A la Kina lo que le gustaba de Calamaro era su pelo, pero su música no tanto: prefería a Charly, ese era un loco de la concha su madre que iba más con su estilo.

—Che, son las doce.

—¡Feliz Navidad!

—Salud, Kina. ¡Secá la botella, chupa, chupa!

—Salud —dijo la Kina, y de un sorbo terminó lo que quedaba.

Karina salió a intentar una última llamada. Trató tres o cuatro veces, pero sin suerte. Cuando entró a darle la tarjeta a la Kina para que intentara, ya se había quedado dormida en el suelo. La envolvió en la cobija como pudo. Luego, sacó una última cerveza de la refri y puso la canción *Cuando te conocí*.

41.

Con este tratamiento de medicinas naturales, usted, señor Mendoza, recuperará la potencia sexual en menos de dos semanas, hará completamente feliz a su pareja y la mantendrá a su lado por el resto de su vida.

Este es un tratamiento 100% garantizado, señor García. Si después de dos semanas usted ve que no le ha servido, nos llama para atrás y desde nuestros laboratorios del sur de la Florida le enviaremos un tratamiento reforzado for free.

Danger hizo pasar al Comanche al otro cuarto. En la PC había un documento de Excel, con las ventas del mes porque estaba trabajando en el payroll.

—¿Una botellita de agua? —ofreció Danger, que tenía un six pack de Zypherhills sobre la mesa.

—Bueno.

—Órale. Y cuénteme, jefazo, qué novelas se trae.

Se suponía que la Kina vio a Pacuso en su departamento hacía unas cuatro semanas por última vez, en la sesión de fotos para los sample videos y el book que les enviaron a los Gang Guys, y estos a los dos días enviaron una oferta. Lo que no le terminaba de cerrar era que Pacuso no le había querido dar ningún contacto con los Gang y el Comanche quería llegar a ellos. No lo presionó porque no quiso arruinar las cosas a la primera visita, prefería tantearlo bien. Pacuso decía que llegar a los Gang Guys no le serviría, porque ellos nunca habían tenido trato con ella y no podrían darle ninguna información que valiera la pena. Tampoco le cuadraba que, cuando le preguntó a Pacuso cómo llegó a él la Kina, dijera que no tenía idea, que él era una persona conocida y que alguien seguro le dio su e-mail y ella le escribió, con unas fotos, y sacaron una cita.

—Eh, eh, párele, párele ahí, jefazo. La Kina debió haber llegado a Pacuso por medio de otra persona cercana, dijo Danger. Y si, más aún, la muchacha no era lo que buscaba el mercado, tenía que haber llegado súper bien referida. Ese vato no iba a recibirla jamás sin un contacto directo: el tipo era inaccesible. Lo que estaba haciendo era cuidarse las espaldas, pero el Comanche tenía que volver a buscarlo y poner maś presión, hacerlo hablar a la fuerza si era necesario, pues por ahí había tuercas flojas que no lo terminaban de convencer.

El Comanche tampoco se comía esa historia. Solo quería que Danger confirmara si eso lo veía como una posibilidad.

El interno de Danger sonó: era uno de los vendedores, tenía un cliente en la línea y le pedía tratamiento de dos meses por el precio de uno. Danger le dijo que le ofreciera uno y medio primero y peleara la venta, pero que no la dejara caer; si era necesario, que le diera entonces los dos.

—Esto es así, como un mercado por teléfono. Se regatea. Se pide oferta.

—Ya veo —dijo el Comanche.

Danger sacó un frasco de una de las cajas del suelo y se lo dio al Comanche. Le dijo que si tomaba una cápsula antes de la faena, lo llamarían todos los días para repetirla. Qué viagra ni qué chingaderas de pastillitas azules: esa capsulita era algo totalmente natural, pero el que la tomaba se volvía sobrenatural.

El Comanche agarró el frasco y leyó las letras amarillas en la etiqueta que decían Erectomil.

42.

Citaste a la Kina en el Starbucks de la West. Llegó unos minutos antes de la hora y esperó en una de las mesitas de afuera. Te disculpaste por llegar tarde, hacer el laundry te tomó más tiempo que lo habitual. Que no te preocuparas bro, dijo, total a ella le encantaba sentarse en esas mesitas y ver los edificios que encerraban a la bahía. Parecían castillos de cristal, eran hermosos. ¿Algún día viviría en uno de ellos? Ojalá que en el Mondrian. Qué linda era la gente que paseaba a sus perritos por ahí, o que trotaba con su ropa Nike combinada de pies a cabeza, y qué envidia le daban las Mini Coop Chics, que iban al volante de uno de esos autitos descapotables en los que se veían como modelos de Vogue, con sus gafas de Versace o Prada.

Ella ordenó un *Passion tea* helado, el más grande. Tenía sed. Tú solo pediste agua, un vaso de agua con hielo. Te encantó la chaquetita de jean que llevaba con las mangas deshilachadas. Y la camiseta de París, con una torre Eiffel en blanco y negro, como vieja y gastada. Sus Carrera color caramelo eran del mismo color de su cabello. Su boca te volvía loco. Sentiste ganas de arrebatarte sobre ella, ahí mismo.

Agradeció que la ayudaras. Ese contacto era directo. Te debía una, bro, lo que quisieras. No dijiste en ese momento lo que realmente querías. Tu respuesta fue: no te preocupes, para eso estamos. Pero lo que realmente querías es que ella fuera tu puta. Y que te la chupara con esa bocota que solo de verla te la ponía dura, dura como de madera.

—Es ahí, al frente —dijiste señalando al edificio. Ahí vivía el brother, Pacuso, los estaba esperando.

—¿Me acabo el té y vamos?

43.

Eran veinte personas, aunque al Consorte le pidieron que llevara merca como para cuarenta. Al mayor de los Quintero le habían dado la ciudadanía americana, la rumba era para largo. Las paredes del departamento estaban decoradas con banderas de Estados Unidos, fotos de Washington, Kennedy, Nixon y Pablo Escobar. En el balcón, desde donde las ventanas de los edificios de Fisher Island eran puntitos de luz que parecían estrellas sobre el fondo negro del cielo, había una pequeña piscina en la que se bañaban dos mujeres desnudas. Una de ellas era la Polaca. Nadie podía tocar a "las sirenas", esa era la orden. Más tarde atenderían al mayor de los Quintero como premio, las quería cero kilómetros.

Al Consorte lo presentaron con todos, uno a uno, como el alma de la fiesta. Junto al bar, en un rincón frente a los ventanales al lado de la piscina, le acomodaron un sillón de cuero, una mesa de mármol y una fuente de plata donde debía ir poniendo la merca para que los invitados pasaran a servirse.

Los parlantes escupían unos vallenatos de Diomedes Díaz que al Consorte no lo motivaban un carajo, así que se quedó con la misma Heineken todo el rato. En una de las tantas veces en que Jairo Córdova se acercó para servirse unas líneas de merca, le preguntó al Consorte si su amigo había avanzado con la investigación. El Consorte dijo que en eso andaba, pero que él no sabía mucho. Córdova agarró una de las servilletas de la mesita y, con su Mont Blanc, anotó el nombre de Pacuso. Que le diera eso a su amigo, el nombre de ese hijueputa le serviría; le habían dateado que la muchacha estuvo en tratos con él. El man embarcó con billete a medio Medallo con el cuento de que traería modelos a Miami. Su cabeza tenía precio. El Consorte guardó la servilleta en su billetera. Córdova agachó la cabeza e inhaló tres veces. Luego le dijo al Consorte que ya les había dicho todo lo que necesitaban saber, que ahora, a cambio, le dijera al Comanche que estaba listo para hablar con él sobre el trabajito que le pidió cuando se vieron en el Fuster. En otra servilleta anotó su número para que lo llamara: estaría en la ciudad el resto de la semana y aún no sabía en qué hotel se alojaría.

44.

—Ganaste la última, pana, esta vez tú abres —dijo el Chamizo, y se paró frente a la mesa de billar y tiró un billete de veinte sobre el paño verde.

El Comanche se levantó de la barra, encendió un Marlboro, se acercó y tiró otro billete de veinte.

—Te voy a romper el culo, mocoso.

Cada uno desenganchó un taco de los que colgaban en la pared. El Comanche se estaba jugando el billete de su comida. Si no ganaba, el Consorte debía alimentarlo, pero no tenía duda de que ganaría: el muchachito apenas estaba aprendiendo, le faltaban noches de apuestas para poder hacerle buenas partidas.

—¿Cuántas mesas vamos a jugar?

El Chamizo tenía billete para dos. Y el que perdía también pagaba el consumo. Ok, qué bueno que seas tan optimista, dijo el Comanche, y ordenó los mismos huevos fritos de siempre con bastante pimienta. El Chamizo pidió una lambada de jamón.

—¿Cómo te va con el caso de la Kina?

—Digamos que más o menos —respondió el Comanche, apretando el cigarro entre los dientes.

Acomodaron las bolas dentro del triángulo y brillaron bajo el reflejo del fluorescente blanco del techo. Mientras ponía tiza a la punta del taco, antes de agacharse a afinar la puntería, el Comanche pidió al Consorte que sacara la mierda que estaba sonando y pusiera a Héctor Lavoe. Así no podía concentrarse para jugar. El Consorte, desde la barra, le dijo al Comanche que se fuera a comer mierda.

No culpes a la noche

No culpes a la lluvia

Será que no me amas.

En la primera mesa al Comanche le tocaron las bolas ralladas y en la segunda las de color. En menos de cuarenta minutos acabaron con ambas; no pasaron de la tercera ronda de golpes de la blanca cada uno. El Chamizo aún estaba muy crudo para medirse con alguien que jugaba así.

—Ya deberían cambiarle el paño a esta mesa —dijo el Comanche. Las bolas no estaban rodando bien, se quedaban un poco lentas y los efectos no salían tan precisos.

En la barra, el Chamizo dijo que tenía una propuesta para el Comanche y el Consorte. Quería organizar un campeonato de billar en Los Latinos con la gente del laundry y de sus clases de inglés. Eran ocho en total; a cada uno le pediría cuarenta dólares por participar y armaría una vaquita con toda la plata. El Comanche se los culearía a todos sin problema, pero tenía que darle la mitad de los trescientos veinte dólares que ganara y el Consorte ponerle el desayuno gratis por dos fines de semana. Él se encargaría de traer gente a que viera el juego, y además, todos los participantes llegarían con sus culitos y otros amigos, así que eso le daría buen consumo.

—Yo le entro —dijo el Comanche.

—Para cuándo —preguntó el Consorte.

—Yo había pensado este mismo weekend que viene. Sábado. ¿Qué les parece?

—Lo que no me cuadra es el cincuenta a cincuenta. Yo soy el que va a jugar.

—Ok, pana, sesenta a cuarenta.

—Nah, tampoco.

—Verga, usted sí que es duro mi pana, vamos setenta a treinta y nada menos.

—Vamos, pues.

—Cuánto te debo, panita —preguntó el Chamizo—, que ya me voy para el coño.

—Trece —dijo el Consorte. Y le alcanzó un recibo sobre un platito de plástico rojo.

—Cóbrate.

—Nos vemos.

—Chau.

El Comanche le propuso al Consorte preparar cebiche ese día y ver si es que se movía entre la gente. Lo preparaba él, tenía buena mano para eso, solo necesitaba el pescado y los demás ingredientes.

—¿Pescado nada más, sin mariscos?

—Probemos solo con eso, es lo más simple.

El Consorte se dio la media vuelta para

acomodar unos platos limpios en el repostero y preguntó qué pescado.

—Tilapia.

45.

–Otra vez por acá –dijo Pacuso, con un vaso de whisky en la mano, cuando abrió la puerta y vio al Comanche.

–Y usted con el mismo saco blanco.

El Comanche le mostró la Glock que llevaba dentro del pantalón, a la cintura, y dijo que quería pasar.

Sobre la mesa de cristal había un vaso con dos dedos de whisky y un hielo.

Antes de que Pacuso intentara sentarse en su sofá, el Comanche le encajó un golpe en la cara con el puño cerrado. No le gustaba que le mintieran, dijo, él había dicho que la Kina había llegado por medio de referidos que le habían dado su e-mail y el Comanche sabía que eso era imposible. ¿Qué mierda estás escondiendo? ¿Por qué mientes, hijo de puta? Siéntate en ese sofá, maricón concha tu madre.

Siéntate, carajo, y apaga el televisor, dijo, apuntando con la Glock.

Pacuso se sentó. Tenía rojo el pómulo donde le había caído el golpe. Dejó su vaso sobre la mesa y dijo que se calmara. Un amigo, que él también conocía, Campero, lo había contactado con la Kina. Pero Campero y la Kina prefirieron que nadie lo supiera. Campero le contó a Pacuso que la mejor amiga de la Kina trabajaba con él en la barra del Hemingway y que por nada del mundo ella quería que su amiga se enterara. Pacuso conocía a Campero hacía un tiempo, era uno de sus contactos para reclutar chicas. El Hemingway era uno de los lugares donde más solían ir las que aspiraban entrar en porno. Además, la muchachita era amiga de Campero, así que el trato fue especial: rápido y directo. Campero tenía en su teléfono muchas fotos de la Kina que le tomaba en el bar, se las había enseñado cuando le habló de ella; también le mandó más por e-mail, tenía bastantes más en su PC.

—Qué más, mierda, qué más —dijo el Comanche, y le encajó otro golpe con el puño cerrado, pero en la mandíbula.

—Estoy diciendo todo lo que sé.

—¿Y por qué pinga no hablaste esto cuando vine a buscarte la vez pasada?

—Porque usted no tiene por qué coño venir a mi casa a interrogarme, podría denunciarlo por eso.

Esta vez el Comanche le encajó un codazo y dijo que esperaba que esa fuera la última vez que tuviera que verle la cara de mierda, porque si no, la próxima le reventaría el cerebro a punta de plomo, así lo denunciara con quien puta sea. Y caminó hacia la puerta sin quitarle la mirada, sin dejar de apuntar con el arma.

—Fuck you —gritó Pacuso y estrelló el celular contra la pared y los vidrios de la pantalla escarcharon el suelo. Del bolsillo de su saco sacó un paquetito con coca, dibujó dos líneas sobre la mesa y se arrodilló. Aspiró. Antes de sentarse llenó otro vaso con tres dedos de whisky, esta vez sin hielo, y los tomó de un sorbo. No hubiera querido traicionar a su culito de durazno, pero ya estaba metido en suficientes problemas como para joderse con uno más. Y ese borracho putero y loco de mierda sí que era capaz de volarle la cabeza a balazos, le dio miedo.

En la calle, el Comanche, con sus aviadores negros y dando caladas a un Marlboro, caminó hacia el Bikini ordenando las nuevas piezas del puzzle que acababa de recolectar.

46.

–Aló.

–Espérame hasta él sábado para hacerte el depósito de las medicinas. ¿Puedes?

–Ok.

–Cómo sigue Valentina.

Ya le daban el release dentro de un rato e Iñaki le haría el favor de buscarlas. Luz tenía examen en el college, no podía pasar.

–Ok.

–Hablamos.

–Hablamos.

Skinny estaba mirando videos de YouTube en su iPhone y le ofreció café al Comanche.

—Gracias, flaco, mañana te acepto el café, hoy no quiero.

—Descanse, entonces.

—Y cómo te fue en el examen.

—It was very easy.

—Fantástico.

El Comanche se quitó los zapatos, dejó sus aviadores sobre la mesa de noche, y se tiró en la cama. La ropa sucia aún seguía por el suelo, alrededor, el olor ya era insoportable. No iba a quedarle más remedio que pedir a la Cara de trapo que entrara a organizar y limpiar un poco. Con la plata que le había ganado al Chamizo podría pagarle, más lo que le había dado Karina para las medicinas de Valentina —que aún no se lo iba a dar a Mariolys hasta el sábado—, y además con lo que ganaría en el campeonato de billas del Chamizo, ya podía permitirse ciertos gastos. La tentación de tener un billete de cien fue mucha, por eso prefirió no darle nada aún a Mariolys: quería sentirse tranquilo unos días con algunos mangos en el bolsillo.

Ese cabrón de Iñaki tarde o temprano ocuparía su lugar, no tenía dudas. A Mariolys siempre le pareció muy hábil para los negocios, por más que a su tienda de mierda no entraran ni las hormigas. Alguna vez el Comanche habló con él, no tenía pinta de hijo de puta. Llegaría el momento en que Valentina llamaría papá a Iñaki y él no sería nadie en su vida y tampoco en la de Mariolys, ahí solo ocuparía el espacio de un lejano recuerdo. Más bien un recuerdo de mierda, y a lo mejor eso era lo que él quería.

Entre sus e-mails del celular buscó el que le había enviado la Polaca con el link a uno de sus videos. Hizo click y apareció ese mujerón entrando al baño, luego dando la espalda a la cámara y después quitándose el pantalón con las nalgas apuntando al lente. El Comanche retrocedió el video y se desabotonó el pantalón.

47.

—¿Coca-Colita? —preguntó Perez, que estaba en la barra del Hemingway frente a una bacon cheeseburger con papas cuando vio aparecer al Comanche.

El Comanche no respondió, solo miró a Karina y ella se acercó con una lata de Coca-Cola.

Más allá, Campero secaba vasos y los acomodaba en una bandeja según fueran copas o vasos largos o vasos chicos.

—¿Un cigarro? —ofreció el Comanche, y extendió la cajetilla de Marlboro.

—Fumo Camel —contestó Perez.

El Comanche encendió un Marlboro, dio una calada y soltó una bocanada de humo.

—Qué lo trae por acá, Comanche —preguntó Perez, masticando un trozo de carne.

–Vengo a ver a mi chica.

Los ojos del Comanche saltaban entre Karina y Perez. Con los de Campero se cruzaban cada vez que los dirigía hacia él.

–Y a usted, officer Perez, ¿qué lo trae por acá?

–El hambre, ¿no ve?

...

–Oiga, Comanche, ¿no ha pensado en volver al oficio?

–A lo mejor uno de estos días.

–¿Y ya dio con el asesino de la mejor amiga de su chica?

–No. ¿Y usted ya encontró al Batman de South Beach?

–Absolutely. Ya le dimos cadena perpetua. Ahora estamos buscando a Robin.

Perez sacó un billete de diez y tres de uno y los puso sobre la barra. Se despidió del Comanche con un golpeteo en el hombro.

Karina se acercó y le preguntó si todo bien con el officer y si dormiría con ella esa noche, el bar estaba muerto, saldría temprano. El Comanche dijo que sí, que todo bien, y podían dormir juntos.

El Consorte llegó a la hora acordada y se sentó en la barra, junto al Comanche. Y Karina se retiró los dejaba para que hablaran solos.

48.

La habitación apenas iluminada por velas con aroma a jazmín, la cama envuelta con sábanas verde olivo, de fondo canciones de Enigma. Pacuso, boca abajo, solo levantaba la cabeza para agarrar el vaso de Black Label que había en su mesita de noche y remojarse los labios. Después de quince minutos de masajes, se dio la vuelta y puso las manos de Campero en su miembro duro. Que continuara ahora ahí, que le hiciera rico, rico, rico. Campero se untó crema humectante. Pacuso cerró los ojos, hundió la cabeza entre dos almohadas y no tardó más de tres minutos en salpicar todo su placer sobre las manos y brazos de Campero.

Permanecieron un rato acostados, mientras Pacuso remojaba sus labios con whisky. Eres mi culito de durazno, eres mi culito, mi culito rico. Cuando sonó "Return to Inocense", la favorita de Pacuso, subió el volumen y Campero se levantó de la cama. Tenía que irse.

—¿Por qué tan rápido, baby? —preguntó Pacuso, y le ofreció un vaso de whisky—. ¿Te puse incómodo con la música?

No era eso, explicó Campero. Tenía que pasar por Publix y entraba temprano al Hemingway. Ya estaba un poco contra el tiempo.

Pacuso se vistió con su saco blanco y calzoncillos para acompañar a Campero hasta la puerta, le entregó tres billetes de cien, le acarició las nalgas y dijo que había disfrutado mucho de su culito de durazno, era el culito más rico de todos los que se había comido en Miami Beach.

49.

El Consorte estuvo dos horas en la esquina de la casa de Pacuso; no tenía idea de qué habría pasado entre ese par, pero el muchachito salió tan bien peinado como entró.

El Comanche movió la cucharita dentro de su taza de café, y dijo que tenían que caerle a ese mal parido de Campero de una puta vez, él los pondría en el camino correcto. Luego encendió un Marlboro, se encorvó hacia adelante, sobre la barra, para hablar más de cerca, y agregó que buscaría a Campero en su casa. Haría escupir hasta la última letra que fuera necesaria a ese mal nacido.

—¿Cuándo? —preguntó el Consorte, que también se había preparado un café.

—Ahora mismo, y tú debes venir para que esperes afuera.

El Consorte no podía ir: estaba a cargo de Los Latinos hasta el cierre.

—Ok, entonces iremos mañana por la mañana, temprano.

—Igual el hijo de puta ese debe estar ahora en el Hemingway.

—Es cierto —dijo el Comanche mirando su reloj—, y si no está aún, debe llegar en cualquier momento.

—Así que el bobo ese de Campero...

—Estoy seguro de que es un enfermo mental, como esos dementes que salen a cada rato en las noticias.

—Tan calladito que parece.

—Esos son los peores, Consorte, los peores.

El Consorte sacó su cuaderno para hacer cuentas con el Comanche. Le debía 32 cafés, 19 huevos fritos y 9 tostadas cubanas, en total 137,34. Con lo que el Comanche le había ganado al Chamizo en las tres últimas mesas, podía amortizar en algo la deuda. Esa plata ya no existía, explicó el Comanche, se la prometió a la mamá de su hija, la niña estaba hospitalizada hacía algunos días y le estaban sacando la mierda con el billete para las medicinas. Por suerte Karina le había prestado cien mangos, con eso estaba comiendo, pero no tenía un peso más. El problema para el Consorte era que no le cuadraban los números cuando hacía caja y el dueño podía joderlo si llegaba a pensar que faltaba plata porque le estaba robando, así que cubriría al Comanche; había hecho buen billete donde los Quintero la otra noche, además de lo que le pagaron por la merca, cada vez que alguien se acercaba a servirse, le dejaba una buena propina, sobre todo el tal Jairo Córdova, que le dejaba los billetes de veinte en veinte.

El Comanche le puso una mano en el hombro y le dijo que muchas gracias, no quería cagarlo, pero estaba quebrado, el fin de semana, con lo que sacara del campeonato de billar del Chamizo, le pagaría, le daba su palabra.

El Consorte preguntó si no tenía pensado volver a trabajar como inspector y el Comanche dijo que su intención había sido permanecer alejado por un tiempo, porque era una vida de mierda, pero necesitaba plata o se iba a pegar un tiro: en Miami era imposible vivir sin billete. Terminando lo de la Kina buscaría trabajo en un telemarketing. Estuvo averiguando, se ganaba bien. Si no funcionaba, se colgaría la plaquita otra vez, pero trabajaría por su cuenta, no para nadie.

—Por cierto, bro, ahora que mencionas tus planes para cuando termines lo de la Kina, Córdova me dijo que lo llames porque necesita que lo ayudes con algo.

—Llámalo tú cuando salgamos de esto. Ayúdame. Luego que te explique bien, yo me encargo.

—Alright.

—¿Qué tal salió esa fiesta de los Quintero la otra noche?

—Puro vallenato, bien para ellos. Aunque había un par de jevas sin ropa bañándose en la piscina que me provocaba culearlas allí mismo.

—¿Foto?

—No, men. Rule number one es no tomar fotos en esa casa.

50.

La oficinas de Odeón ocupaban todo el segundo piso de un shopping color flan en el Southwest. En la primera planta había una agencia de envíos a Centroamérica, un restaurante de comida hondureña y el despacho de un paralegal.

Mariolys llegó quince minutos antes de la prueba, a las 7:45 a.m. No alcanzó a desayunar, porque pasó como media hora frente al espejo, pero valió la pena: *con esos zapaticos de plataforma y ese bolso que parece un Louis Vuitton de Macys, estás acabando.*

De las veinte personas que postulaban al trabajo, solo cinco serían elegidas. La siguiente convocatoria estaba programada para dentro de seis meses. El examen era *multiple choice* y lo daban en un aula donde había anuncios que decían "Si quieres decirle adiós a tu jefe, Odeón es tu mejor opción" y "Si ya estás harto de trabajar para terceros, no esperes más: en Odeón serás el primero".

Tenían hasta las nueve para completar las respuestas. Media hora después les entregaban los resultados. Lo que más recordaba Mariolys era la parte de los perfumitos y la ropita de *babies*. Esas preguntas las respondió una tras otra, sin problema. En el resto no tuvo tanta facilidad: ese catálogo era muy surtido y lleno de detallitos. Así y todo fue de las primeras en terminar –no le tardó más de cuarenta minutos– y se fue a esperar a la salita de al lado, donde estaba la pantalla en que anunciarían a los cinco elegidos y habían puesto un termo con café y dos galoneras de jugo de naranja Sunny D. Poco a poco fueron saliendo los otros postulantes, pero entre ellos no se hablaban, acaso cruzaban sonrisas y se servían una u otra cosa. Mariolys se sirvió un café que más le pareció agua en la que habían lavado los calzoncillos del dueño de Odeón que otra cosa. Aunque el café le dejaría la boca seca, el Sunny D ni lo olió, porque ese jugo le daba una cagazón de madre.

A las nueve y media, tal como les habían indicado desde el principio, aparecieron los cinco nombres de las personas que habían obtenido el mejor puntaje y pasarían a formar parte del cuerpo de ventas de Odeón.

1. Jordan Pérez

2. Yureimy Mena
3. Mileydis Vásquez
4. Pedro Medina
5. Alonso Miranda

51.

Se aseguraron de que todo estuviera en orden con la Glock y las esposas y caminaron hasta la casa de Campero. El Consorte se quedó en la acera del frente.

El Comanche golpeó la puerta un par de veces. Campero abrió, aún medio dormido.

—Entra y cierra, hijo de la gran puta —dijo el Comanche, y le puso la Glock en la frente.

—Qué pasa, qué pasa —dijo Campero con las manos en alto.

El Comanche lo guio encañonándolo con la pistola en el pecho, hasta la silla que estaba frente a la PC. Siéntate, mierda. Él se quedó de pie, apuntándole.

—Habla, concha de tu madre, habla todo lo que sepas sobre la Kina.

Campero lo miró unos segundos y el Comanche le dio una patada en el estómago.

–Éramos amigos –dijo Campero con las manos en el estómago, reponiéndose del golpe.

–No eran amigos, concha de tu madre. La estabas metiendo en la pornografía con el maricón de mierda de Pacuso, pero no eran amigos.

–Ella me lo pidió.

El Comanche retrocedió un par de pasos, y sin bajar el arma, dijo que quería ver las fotos de la Kina que tenía en el celular y la PC.

Campero le entregó el celular y el Comanche buscó, pero no encontró nada.

–La PC, concha de tu madre, hijo de la gran puta, enciende la PC.

Campero encendió la PC. El Comanche le dijo que fuera a la carpeta de las fotos. De los doscientos archivos que había en la carpeta, solo las primeras eran del Primitivo Maradiaga, con el uniforme de la selección de fútbol de Honduras: las otras cerca de ciento noventa eran de la Kina. Campero empezó a pasarlas una por una, hasta que llegó a las últimas que le había tomado, con el cuello abierto y la mirada perdida hacia el cielo, en el alleyway. El Comanche le pateó esta vez la cara y Campero cayó al suelo.

—Era mi amiga. Era mi amiga —repetía Campero temblando, tartamudeando.

—Ya le explicarás bien esto a la policía, re concha de tu madre.

El Comanche le dijo que se acostara en la cama, boca abajo. Se sacó las esposas y se las puso en las manos, y con la correa del pantalón, le amarró las piernas por los muslos.

—Era mi amiga. Era mi amiga.

El Comanche salió de la casa secándose el sudor de la frente con la manga de la camisa. El Consorte, al verlo, se acercó apurando el paso y preguntó si todo bien. Hay que llamar a Perez ahora mismo, dijo el Comanche, con la respiración agitada. Campero estaba esposado sobre su cama, tenía fotos de la Kina en la PC, con el cuello abierto en el alleyway donde la encontraron muerta.

—Perez speaking.

—Es el Comanche. Ahora sí tengo algo para usted.

En menos de diez minutos apareció Perez, otra patrulla lo escoltaba. Estacionaron en la puerta. Les pidieron al Comanche y al Consorte que se retiraran.

52.

En el interrogatorio, Campero confesó que estaba obsesionado por la Kina: en la computadora tenía casi doscientas fotos suyas. En sus cajones guardaba cerca de veinte prendas íntimas de ella (que le había ido robando cuando Karina dejaba su maletín en el bar para que se lo cuidara) y el cuchillo con el que le cortó el cuello. La noche del crimen, Campero se había pasado de tragos. No quería matarla, jamás, solo quería que se la chupara, pero ella no quiso, y no recuerda bien en qué momento ni cómo fue que le clavó el cuchillo. Ni le quedaba claro cómo llegó a ella. Suponía que, en medio de su borrachera, salió desesperado a buscarla y la encontró en el camino, en el alleyway.

Afortunadamente la policía lo arrestó justo a tiempo: tenía un boleto de Greyhound comprado para partir a Georgia un par de días después: sabía que en Miami lo guardarían pronto. Según Campero, la

Kina lo calentaba para que la conectara con Pacuso. Desde que supo que Campero y Pacuso se conocían, estuvo detrás de él: necesitaba que se lo presentara, pero nadie podía saberlo. Y Campero y Pacuso se frecuentaban porque Pacuso le pagaba a Campero por culear. Campero dijo que estaba asqueado de ese viejo de mierda grasiento y maricón, pero esa era la única forma de que la plata le alcanzara para vivir, porque lo que sacaba en el Hemingway era una mierda. O vendía el culo o vendía merca, eso era prácticamente lo que hacían todos los que estaban en lo mismo que él en South Beach.

Perez pasó por el Bikini a buscar al Comanche y le contó todos esos detalles. Era sorprendente, dijo Perez, cómo sin acceso a información, ni pruebas, había podido destapar todo. Eso era olfato de perro de la calle. Aunque como el officer era un grandísimo comemierda, igual seguía dando a entender que ese caso no era de mayor importancia y que lo único bueno era que lo había puesto tras los pasos de Pacuso otra vez: ese sí era un peligro mayor.

El Comanche encendió un Marlboro y le pidió un café con leche al Consorte.

—Pinga, fumas todo el día, coño.

–Si el día tuviera más horas fumaría más.

–Voy a preparar el café. Me debes una fortuna.

–Anotámelo –dijo Karina–, en estos días paso y te dejo el billete.

–No me jodas –dijo el Comanche, y soltó una bocanada de humo. En un par de días le sacaría la entreputa a los amigos del Chamizo en el campeonato de billar y tendría plata.

–Dale, boludo, anotalo y no le hagás caso.

El Consorte le dio a Karina un papel con el monto de la deuda. Los cafés de esa tarde corrían por cuenta de Los Latinos. Sirvió uno para cada uno.

–¿Me pasás un poco más de azúcar?

El Comanche estaba decidido: buscaría trabajo el lunes en telemarketing, no iba a volver a los casos por el momento. Cerrar el caso de la Kina le daba tranqulidad, y no quería estresarse más, porque el estrés le daba ansiedad y la ansiedad ganas de emborracharse. Si no le iba bien como vendedor, ya no tendría más remedio que retomar el oficio. El Consorte dijo que no le creía, que estaba seguro de que en dos meses lo vería otra vez en la barra con su librertita de notas pidiendo apoyo.

–Che, muy bueno el coffee. Ya me vuelo –dijo Karina, que de dos sorbos largos secó la taza. Se tenía que ir al Hemingway. La noche anterior estuvo muerta, quería estar desde temprano a ver si recuperaba algo en propinas esa tarde.

–See you –dijo el Consorte.

–Bye, querido. Te dejo el billete esta semana.

El Comanche se despidió del Consorte, también se iba. Le pidió que le marcara a Córdova para reunirse, y salió con Karina.

–Hey, bro, antes que te vayas, confirma si vas a preparar cebiche el día del billar.

–Sí.

–Ok. Voy a comprar entonces lo que haga falta.

Afuera, Karina le preguntó al Comanche si ya su hija había salido de la clínica y si le sirvió la guita que ella le dio para las medicinas. El Comanche dijo que sí, ya había salido, y que lo de las medicinas lo ayudó mucho.

Se despidieron con un beso en la boca y Karina dijo que estaba en deuda con él, le debía la salida sin bombacha, y tomó el camino hacia el Hemingway.

El Comanche se puso sus aviadores y le escribió un text a la Polaca. ¿Seguía en pie la primera consulta a mitad de precio? La Polaca respondió que sí. Ok, entonces te veo más tarde, replicó él. Con la plata de las medicinas que tenía en el bolsillo, se daría el gusto de clavarse a semejante putón que lo tenía entre ceja y ceja desde que vio cómo se le metía entre las nalgas ese shortcito de pijama, cómo se le bamboleaban las lolas sin brassier, y por último, cómo ponía ese semejante ojete frente a la cámara. Para asegurar la faena, pasaría por el Bikini a buscar una de las pastillas del frasquito blanco que le había regalado Danger.

53.

–¿Qué hubo, mijo, qué más de bueno?

–Usted dirá, mister –dijo el Consorte–. Lo llamo de parte del Comanche, para ver cómo podemos ayudarlo.

–Vea, mijo, la vuelta es fácil –dijo Córdova y carraspeó del otro lado de la línea–. Ando buscando a un man que se llama Frisancho y vive en la playa.

–Have no idea de quién pueda ser.

–Fresco, que acá tengo una foto.

El Comanche y el Consorte solo debían ubicar al tal Frisancho y listo, la gente de Córdova se encargaría del resto. Jairo Córdova se hospedaba en un hotel diferente esta vez, en el Destiny, y le dictó la dirección para que pasaran a coordinar detalles al día siguiente, antes de que se fuera al aeropuerto, porque partía rumbo a Medellín y luego arrancaría a Madrid, así que no estaría por Miami en varios días.

Adiós, Hemingway

Cierra el hogar de los mejores cubalibres y mojitos de South Beach. El histórico bar de South Beach, que alguna vez sirvió de morada para el famoso escritor Ernest Hemingway con una de sus amantes, se vio obligado a cerrar debido a una investigación ordenada por The Miami Beach Police Department. Los dueños prefirieron no dar mayores declaraciones, pero el bar se había convertido, desde hacía unos años, en uno de los peores antros de la playa en el que circulaban drogas y la prostitución era el pan de cada día. Ese South Beach que alguna vez fue un balneario apacible al cual acudían turistas a veranear en sus playas turquesas de día, y por las noches a tomar daiquiris y cocktails a sus coloridos bares, como el Hemingway, era ya solo un grato recuerdo. O una de las tantas postales que han hecho de esta ciudad un edulcorado cliché.

El único point clásico que nos queda es el Al Capone, al cruzar la calle, aunque no son pocos los que dicen que ese bar sigue los pasos, o peores, que el Hemingway. Si quieres conocer más sobre Al Capone y sus años en Miami, no te pierdas el artículo Al Capone fue el primero, en nuestra próxima edición.

Revólver Ediciones es una publicación de escritores y periodistas indocumentados que opera clandestinamente desde Miami Beach.

Al Capone fue el primero

Una de las clásicas leyendas urbanas de Miami cuenta que Al Capone se hospedaba en el hotel Biltmore de Coral Gables y que su fantasma ronda las habitaciones por las noches. Otra leyenda urbana, quizá no tan clásica, cuenta que Al Capone cerraba el Clay Hotel, en Española Way de South Beach, para hacer apuestas y negocios ilícitos.

The Volstead Act —ley seca— en Estados Unidos, reguló el consumo de licor entre 1919 y 1933 y tuvo un gran impacto en las mafias que lo contrabandeaban. En aquellos años, la comunidad italiana se había consolidado en New York y Chicago, y con ella surgieron los capos de la mafia. Entre estos, el más grande de todos los tiempos fue Alphonse Gabriel Capone. Hijo de inmigrantes sicilianos en New York y criado en las calles de Manhattan, a los veintipocos años Capone encabezaba The Chicago Outfit, el mayor sindicato mafioso del país. La vigencia de The Volstead Act convirtió a ciudades como New York y Chicago en plazas hostiles contra el contrabando. Para que los negocios continuaran, debían encontrarse nuevos puntos de comercio, como Miami, un territorio estratégico con vista al mar, por donde podía seguir ingresando de manera clandestina, en avionetas y lanchas desde el Caribe, la mercadería.

Algunos viajes al sur de la Florida, Cuba y Bahamas realizó Al Capone entre 1925 y 1926. Y en 1927, bajo el pretexto de que necesitaba llevar una vida sosegada, se mudó a Miami, con su hijo Sonny y su esposa Mae, a una mansión ubicada en 93 Palm Ave de Miami Beach. La residencia no tardó en hacerse conocida por sus pomposas fiestas, donde se recibían jugosas donaciones. De ellas se beneficiaron altos funcionarios públicos y políticos, lo mismo que alumnos y docentes del colegio católico St. Patrick, en el que estudiaba Sonny. La figura de

Al Capone en la ciudad fue polémica: muchos lo querían por su generosidad, mientras que otros repudiaban su presencia. En Miami tuvo a la justicia tras sus pasos en todo momento: pretendieron incriminarlo en varias oportunidades, e incluso le prohibieron ingresar en la jurisdicción de Miami Dade —Miami Beach pertenecía a otra. Por eso consideró mudarse a Broward, donde compró un terreno en el que no llegó a construir, que le fue confiscado en 1934, y que hoy es un parque abierto al público llamado Deerfield Island al que solo se puede acceder en bote. Así y todo no lograron probarle nada: no tuvo cuentas bancarias bajo su nombre, tampoco propiedades, no endosaba cheques, y las transacciones las hacía en efectivo. Fue recién en 1931 cuando, por evasión tributaria, lo sentenciaron a once años de prisión. Antes de ser encarcelado, escondió 100 millones de dólares en cajas de seguridad en bancos de Estados Unidos y Cuba. Tampoco lo hizo bajo su nombre, y las llaves de las cajas las enterró hasta que saliera en libertad. En 1932 fue encarcelado primero en Alabama y después en Alcatraz. Desde su ingreso lo diagnosticaron con sífilis y en 1939 fue liberado bajo órdenes médicas: ya no era viable continuar con su tratamiento. Puesto en libertad, no encontró las llaves donde escondió el dinero —aún no se encuentran– y pasó a ser un sujeto frágil, delicado de salud y con problemas mentales. Las entradas y salidas en la clínica se volvieron frecuentes, y en 1947, a la edad de 48 años, un infarto se lo llevó en su mansión de Palm Avenue, junto a Mae.

Más allá de las leyendas que haya dejado Al Capone en Miami, su presencia fue determinante. Tras él, líderes de la Cosa Nostra, como Santo Trafficante, Lucky Luciano y Meyer Lansky, generaron fortunas en Miami Beach y La Habana con el lavado de dinero, las apuestas ilícitas y el contrabando. La posta la siguió el "Padrino cubano", José Miguel Battle, a la cabeza de la organización criminal La Corporación. Y solo al doblar la esquina llegarían los famosos años ochenta, aquella época hardcore, de cocaína y asesinatos, que tan bien se encargó de mostrar al mundo la inolvidable serie Miami Vice.

Revólver Ediciones es una publicación de escritores y periodistas indocumentados que opera clandestinamente desde Miami Beach.

Agradecimientos

Por su lectura y oportunos comentarios a Hugo Fontana, Salvador Luis Raggio, Manlio Chichizola, Vera y Gastón Virkel.

Y a Asdrúbal Hernández por creer en este proyecto y hacerlo posible.

Otros títulos de esta colección:

Acuérdate del escorpión – Isaac Goldemberg

Confesioens de un sacerdote – Ernesto Morales A.

Sábanas negras – Sonia Chocrón

www. sudaquia.net

Made in the USA
Middletown, DE
31 May 2017